旧时燕

文学之都的传奇

程章灿 著

南京大学出版社

目　录

衰，是偶然巧合，还是和潮涨潮落一样，有着不可摆脱的宿命？

青骨成神 / 049

"青骨犹当履至尊。"政治需要和民间信仰联手，一场造神运动发生了，轰轰烈烈。一个叫蒋子文的淫祀之神登上帝王的神位，并衍生出诸多富有美感魅惑的文学故事。

旧时王谢 / 069

小说《王榭》通篇都是象征。透过乌衣、燕子这些象征，飞越历史云烟，看一看当年的堂前阶下，芝兰挺秀，玉树临风。

六代乌衣 / 080

"青溪水木最清华，王谢乌衣六代夸。"芝兰玉树，柳絮因风，说的都是文雅风流，这当然是主体，其实也不都是如此。

贵妃之死 / 089

她不是杨贵妃，她是殷贵妃。五世纪的这个女人，身世神秘，美貌倾城。她的死震动了当时的建康，震动了当时的政坛和文坛。

化的据点，是新文化的养成所，有多少暮鼓晨钟，就有多少神秘，多少故事，让后人玩味追思。

骑鹤扬州 / 162

扬州在江南，不在江北。 此扬州非彼扬州。"腰缠十万贯，骑鹤上扬州"，这里面凝集着多少昔日的荣光？今昔相形，令人感叹。

高阁临江 / 172

瓦官寺阁，从六朝以至南唐，一直是凤凰台地带的中心，高阁临江，是当时的地标性建筑。 后来怎么样了？"槛外长江空自流。"

百斛金陵 / 181

"瓮中百斛金陵春。"南京有书香，也有酒香。 阮籍的冢墓，孙楚的酒楼，酒仙的纵饮狂欢，还有杏花村的美丽传说，都洋溢着酒香。

细数落花 / 191

一个倔强的老人，一个寂寞的老人，曾经在这里成长，曾经从这里崛起，也在这里展现黄昏的浪漫情怀，最终老死在这里。 他叫王安石。

起两个老朋友之间一场争吵，只因牵涉到秦淮名妓李香君，于是小事变成了大事。究竟谁是痴人？

旧时燕子

燕子是很古老的飞鸟。殷商以前，它就飞翔于历史的天空了。

《诗经·商颂》说到商朝的兴起，有一个神圣的开端："天命玄鸟，降而生商。"玄鸟就是燕子。燕子浑身"乌衣"，以貌取名，"玄鸟"二字自然是朴素的。不过，能够肩负上天的使命，表明它的身份毕竟不同于凡鸟。事实上，在古典文献中，燕子还有一个高贵的别名，叫作"天女"，只是似乎不大为人所知。

唐代沈佺期的诗说，"海燕双栖玳瑁梁"，宋代苏东坡的词说，"乳燕飞华屋"，好像燕子栖息，非雕梁画栋不可。实际上，燕子并不嫌贫爱富，也不矜持，更没有半点天潢贵胄的架子。很多时候，它倒是习惯与麻雀为伍的。"燕雀安知鸿鹄之志哉？"在秦末英雄陈胜的眼里，他那些只懂得替人佣耕、以为只有出卖体力才是本分的同伴，是只配比作燕雀的。燕子没有鸿鹄翱翔四海的大志，也无鹰隼搏击长空的本领，依人而居，相处如宾，华屋之下，雕梁之上，"子母相乐"，只要能安居度日，也不失为太平时世的幸福鸟。"无心与物竞，鹰隼莫相猜。"如果闲淡冲和能够换来一生的平安宁静，那是值得的。

怎奈人生惨淡，时势翻覆，"不如意事常八九"，祸福之至，疾如狂风暴雨，覆巢之下，自无完卵。人犹如此，燕何以堪？碰上这样的时世，这小小的飞鸟也就只能随着风浪飘荡簸迁，尝够艰辛，阅尽沧桑。上下五千年，一个又一个王朝兴起，又衰败，引起多少唏嘘感叹。"俺曾见金陵玉殿莺啼晓，秦淮水榭花开早，谁知道容易冰消。眼看他起朱楼，眼看他宴宾客，眼看他楼塌了。"只有燕子岁岁依旧，秋去春来，飞去的时候是秋社，归来的时候是春社，循环往复，一如王朝的盛衰。不经意之间，燕子成了兴亡沧桑的见证，看似高瞻远瞩，未卜先知，其实却是不由自主的。

在春与秋之际，在南与北之间，燕子飞来飞去，可谁也说不清燕子是南方的，还是北方的。古书上有所谓"胡燕""越燕"之分，弄不清楚有什么区别，只知道胡在北方，越在南方，有如江南和塞北，相隔很远。或许应该说：燕子既是南方的，又是北方的，既见过杏花春雨，也见过铁马秋风。

这也算不了什么，能够穿越春与秋、南和北的飞鸟，原不只燕子一家。燕子与众不同的地方，在于它能够飞越古今，翠羽翩翩，诗意盎然。"旧时王谢堂前燕，飞入寻常百姓家。"从当年王、谢世族的华堂之上，飞到今天寻常百姓的茅草屋中。与其说它旧，不如说它新；与其说每个秋天飞走的燕子都是旧的，不如说每个春天飞来的燕子都是新的——它带来新的日子，带来新的希望。

"诗人老去莺莺在，公子归来燕燕忙。"不知道从什么时候起，"莺莺燕燕"沾上了香艳的气息。苏东坡写道："燕子楼空，佳人何在，空锁楼中燕。"充满诱惑，引人遐想。也不止苏东坡，似乎骚人墨客都喜欢呼吸这种气息。也不止古代，今天愿意来一嗅这残留暗香的，还大有人在，他们觉得这气息中透着丝丝古典，缕缕骚雅。

《玄怪录》上有一段传奇故事，触目惊心，也意味深长。唐大历九年春，有人向时任宰相的元载献了一首诗。元载正在上朝途中，没时间看，那人急不可待，干脆自己朗诵出来：

> 城南城北旧居处，城里飞花乱如絮。
> 海燕衔泥欲下来，屋里无人却飞去。

诵毕，这人就消失不见。不久，元载败亡，妻子被杀，下场相当悲惨，应验了诗中的谶言。原来诗中那只衔泥的海燕，也是载负天意，特地来警示元载的。诸如此类关于燕子的传奇实在太多了，就连刘禹锡那首诗，都被好事者敷衍成一篇"燕子国"的传奇——《王榭：风涛飘入乌衣国》，称得上绘声绘色。

对我来说，南京这座城市就像一只燕子，一只从旧时飞到今天的燕子，一只从昨天飞来、又向明天飞去的燕子，千百年征程，风雨迢迢。我曾应邀为南京城市规划和形象宣传写过几段话，其中有这样两句：

　　钟阜巍峨，高山仰止
　　江天寥阔，新燕远飞

下一句暗指燕子矶，此矶屹立在长江岸边，展翅欲飞。所谓新燕，其实也很古老了。凭栏远眺，难道不会有古往今来的感觉？

古人诗词中常说"燕语呢喃"，小说中更有无数"燕能言"的故事。假如燕子真会说话，会说什么呢？

"天空中没有翅膀的痕迹，但我已经飞翔过。"

燕矶晓望

狮岭雄观

金陵王气

王濬楼船下益州，金陵王气黯然收。

千寻铁锁沉江底，一片降幡出石头。

人世几回伤往事，山形依旧枕寒流。

今逢四海为家日，故垒萧萧芦荻秋。

——刘禹锡《西塞山怀古》

气之为义大矣哉！

天地万物，莫不有气。鲜花有香气，战士有勇气，雄辩家胸中充溢的是浩然之气，多情才子感受到的是肃杀的秋气。阴、阳、风、雨、晦、明，那是天之六气；"橘逾淮而北为枳，鹦鸹不逾济，貉逾汶则死，此地气然也"。地气促成植物的变种，甚至决定动物的生死存亡。"地气"二字，岂不是对地域文化生态的古典概括吗？

每一座城市都有"气"。城市越古老，"气"象越峥嵘。这气不是别的，就是它独特的文化生态。跟古都南京相联系的，便是"金陵王气"。扛着这样一块遐迩闻名的"金"字牌匾，南京在中国的历史上招摇了一千多年。它是城市的荣耀，也是城市的悲哀。成也萧何，败也萧何。沧桑沉浮，传奇的身世一言难尽。可是，谁都知道，作为帝宅皇京，南京既不是最早的，也不是最久的，西有长安，北有大都，中有汴洛，南京凭什么号称有"王气"，岂不是有些大言不惭吗？

"王气"一词，早在两汉之际就出现了，但它与南京发生关系，则在稍后的六朝。六代繁华如梦寐，关于"金陵王气"的说法，层出不穷，梦中人不免陶然自醉。在这场大梦将醒之时，庾信流落到了北方。回望南朝，追忆江左萧梁政权在侯景乱后土崩瓦解的经过，他不禁喟然长叹："将非江表王气，终于三百年乎？"

庾信说的只是约数，其实，已经不止三百年了。

公元211年（建安十六年），孙权把他的政治中心从京口（今江苏镇江）迁到秣陵，第二年，就在今天的南京城西秦淮河边，修筑了著名的石头城，并将秣陵改名为建业，表达在此建功立业的决心。据说孙权的这一重大举措，是采纳了身边的高级幕僚张纮的建议。张纮是广陵即今江苏扬州人，曾游学京都，在洛阳太学中学习过五经，是当时吴地屈指可数的博学多才的文士之一。他的同乡、"建安七子"之一的陈琳对他钦敬有加，曾经说过"小巫见大巫"的话。政治中心的迁移是件大事，当然不能草率。张纮建言理直气壮，他的理由不是别的，正是秣陵这个地方有"王者都邑之气"。

六朝史籍《江表传》上说，早在战国时代，楚武王就在此地筑金陵邑。金陵邑冈峦起伏，连着石头城。故老相传，当年秦始皇东巡会稽，渡江北还，曾途经南京。望气者向他报告，金陵地形有王者都邑之气，这让一心要嬴秦王朝万世永昌的始皇帝大为猜忌。于是，他下令掘断连绵的山冈，破坏其风水，又将地名金陵邑改为秣陵，以示贬斥。从贵重的"金"到喂马的饲料（"秣"），一字之差，原名所具有的全部神秘色彩和尊贵意味便荡然无存了。秦始皇以为金陵王气就此消除，他的政权的隐患也从此根除，但结果似乎并不理想。至少，张纮就不认为秦始皇的企图成功了，而是坚持此地依然有"王者都邑之气"，是建都的首选之地。孙权也觉得张纮说得有道理，但此举牵一发而动全身，必须慎重，他不免有些犹疑。出人意料的是，最后促使孙权下定决心的，可能是某位外宾的一席话。话说这时刘备恰好到了江东，我无法确定他此行的目的，是来做吴国老国太的爱婿呢，还是来议定抗曹联盟，总之，他途中经过秣陵，登高远望，"周观地形"，发现此地果然是王者之都，气象非凡，于是大公无私地建议孙权移治于此。这一下，轮到孙权对刘备说

"英雄所见略同"了。

在我能看到的书面文献中，张纮和刘备的理由无疑都是光明正大的。也许张纮当下的心理，未必没有乡土的考虑。秣陵地近广陵，昼锦归来，至少要便利得多。只是这私下里的算盘，即使拨打过，也不便公开表白于朝堂之上。台面上和桌底下不同，公和私也当有所区别，张纮明白，精明的政治家刘备更不会不懂。明眼人都看得出来，孙权以长江下游的秣陵为中心，势力集中向江东发展，对刘备更有利；假如以长江中游的芜湖或武昌等地为中心，与西蜀的摩擦势必增多。熟悉三国历史的人也应该记得，公元221年，孙权迁都于鄂并改称鄂为武昌，正是出于与西蜀争夺荆州的战略需要。当然，这些都没有在书面上写出来，刘备也不会直说。他愿意说出来的，只能是《江表传》中所编的那一类动听的故事。

细加考究，战国时代的楚国没有武王，《江表传》中的楚武王，应该就是楚威王之讹吧。遥想当年，颇有作为的楚威王熊商灭了越国，将金陵纳入自己的版图，就在今石头城之地筑城，因为城中有座金陵山（钟山），所以因山立号，称为金陵邑。但也有人认为，因为此地连接华阳、金坛之陵，所以才称为金陵。这种歧说从唐代就开始了，盛唐时代，许嵩所作《建康实录》中就两说并存。当然，金陵山的得名，也可能就是因为连接华阳、金坛之陵，这两种说法并非水火不相容。究竟孰是孰非

　　　　　　　　　　旧时燕：文学之都的传奇

其实并不重要，重要的是，金陵本来只是一个普普通通的地名，人们对它的理解本来也很朴素，后来，却添枝加叶，附益了许多文学的与非文学的想象。

剥开层层包裹的想象，其核心是所谓"王气"。相传先于秦始皇一百多年，楚威王就听方士说金陵有王气，于是骑马寻找，果然在钟山（一说在幕府山西麓的金陵岗）发现了王气，事不宜迟，乃铸金人一对，埋于其地，以镇压王气。这是关于金陵山和金陵岗由来的故事。据说在北宋时，还有人在金陵岗上见到一块石碣，正面刻着："不在山前，不在山后，不在山南，不在山北，有人获得，富了一国。"这笔富可敌国的财宝，使许多人几近疯狂，他们满山遍野地挖掘，结果当然是竹篮打水一场空，才发现是上了楚威王也许还要加上秦始皇的当。写《金陵辨》的宋代人周应合说，埋金之事本来子虚乌有，这只是楚威王、秦始皇之流布置的又一个政治骗局，要引诱当地人自坏风水，自绝王气。如今看来，周应合的话也未必可信。说到底，这只不过是好事者编造的又一个美丽传说，又一段文化童话。

在另外一些文献中，埋金以镇压王气的不是楚威王而是后来的秦始皇。也许人们觉得，秦始皇为人比楚威王更多疑，更猜忌，把埋金的事安在他头上，才更合情合理。但从宋代开始，就不断有人质疑这种说法。古代帝王以黄金玉璧一类的宝物祭祀山川，或者埋于山中，或者沉于川渎，原不稀奇。秦始皇二十八年（前219），曾埋璧于茅山，沉璧于江汉，只是望祭山川之神而已。东汉光武帝刘秀也曾经埋金玉于茅山之顶。若说楚威王或秦始皇曾埋金于金陵，也许还有一点事实的影子；若说其意在镇压王气，那就未必了。

比起楚威王埋金，秦始皇掘秦淮河的故事流传更广。在《建康实录》中，这段故事说得比《江表传》更具体。时间是秦始皇三十六年（前211），实际上很可能是秦始皇三十七年（前210）；地点是江乘，即今天南京栖霞镇的长江沿岸；背景是秦始皇东巡北归途中。望气者说得也更确凿："五百年后，金陵有天子气。"于是，秦始皇下令开挖秦淮河，断地脉，泄王气。不过，许嵩也知道，街谈巷语，故老相传，当不得真，就加了一段小注，说明秦淮河的本名，记下自己的存疑：秦淮河本名"龙藏浦"，虽然没有出现河图洛书那样的祥瑞，卧虎藏龙，气魄也自不同寻常。可惜这龙不是真龙，大概只是中古以前本地常见的扬子鳄一类。至于"金陵王气"，《建康实录》和《江表传》都引述故老相传，以疑传疑，看样子，不能怨许嵩不浪漫，连《江表传》的作者以及引述《江表传》的史家裴松之，都还没有信以为真。

不过，这条古称淮水的河流，自此以后就姓了秦，足见传说影响之大。越到后代，故事越多，情节也越枝蔓。南京有一个民间传说，是关于江宁区方山的，也与此有关。此山形状方正，

秦淮渔唱

像一颗方印。某日，玉皇大帝闲着无聊，把玩金印，不料一不小心，落到人间，变成了这座山。当地人又称此山为天印山。据称方山的大片土地都是黑泥土，只有山脚下周围的土是红的，原来那就是粘在印底上的红色印泥。这大概也是根据王气之说，进一步附会出来的。不过，这应该是更晚近的事了。南宋人张敦颐写《六朝事迹编类》时，所引南朝山谦之《丹阳记》中已经出现"天印山"的名字，至于玉皇大帝的故事，估计当时还没有出现。

秦始皇开挖秦淮河，掘山断陇以坏王气的说法，传播很广，关键在于它似是而非，真假参半，虽然查无实据，毕竟事出有因。

秦始皇东巡，载于《史记》和《汉书》，略知文史者都耳熟能详。望气的观念，在历史上也早已有之。望气是通过瞻望云气，附会社会人事，预言吉凶。最初，这只是一种实战迎敌的军事技术。《墨子·迎敌祠》说："凡望气，有大将气，有小将气，有往气，有来气，有败气，能得明此者，可知成败吉凶。"《通典》中兵家的"风云气候杂占"，大概还保留了望气的遗法。最迟到汉初，喜欢预言吉凶的方士已将望气改造为一种实用的政治法术，成为意识形态领域的一门新兴学问。在这里，一批又一批政治冒险家找到了丰富的赌博资本。

赵人新垣平就是这些冒险家中的一个。汉文帝十五年（前

旧时燕：文学之都的传奇

天印樵歌

165），新垣平以望气家的身份去谒见文帝，声称他发现"长安东北有神气，成五彩，若人冠冕焉"。他说东北是神明之舍，西方是神明之墓。这是天降的祥瑞，"宜立祠上帝，以合符应"，说服皇上设立渭阳五帝庙，并预言将有周鼎、玉英等祥瑞出现。文帝一向比较朴素，也不那么好大喜功，听了这番富有煽动性的话，却诚惶诚恐，不敢有违天意，就在渭城建五帝庙，五帝同处一个屋宇，而各据一殿，颜色各不相同。过了一年，虔诚的皇上还亲自到渭阳五帝庙去祭祀。新垣平也摇身一变，成为皇上跟前的第一号红人，官拜上大夫，赏赐千金。又过了一年，新垣平暗中派人手持一个玉杯，声称是从地下挖出来的，要献给皇上；而自己则看好时机，事先向皇上报告："我有预感，感到有一股宝玉之气冲着殿堂飘来了。"片刻工夫，就有人献来了玉杯，那上面还刻着"人主延寿"四个大字，让人不得不佩服新垣平料事如神，不啻仙人再世。新垣平趁热打铁，又预言当天太阳会再次回到天中，果然，没多久，西斜的太阳又慢慢回来，高挂中天。皇帝龙颜大悦，下诏更始，以十七年为元年，史称后元元年，并诏令天下大酺，普天同庆。新垣平又说，"数百年前，周朝有一个鼎掉到泗河水中去了。秦始皇派几千人潜水去找，费了大劲，也没捞到。如今黄河涨溢，连通泗河，机会难得。我遥望地气，发现东北方向汾阴之地有一股金宝之气，蒸腾而出，这是周鼎复出的征兆。若不及时派人迎候，只怕这个礼之重器会再次消逝，追悔莫及。"皇上急忙派使者在汾阴之南建庙，临河祭祠，等待周鼎复出。这时有人上书告发，原来新垣平所说所为，什么望气、祥瑞、灵验之类，都是假的，他那一套骗人的把戏，全被揭穿了。他很快被逮捕下狱，判处死刑，并夷灭三族。吃一堑长一智。汉文帝经历这件事后，对改正朔、服色、神明之类的事，也就越来越淡漠，乃至厌倦了，虽然还派专人负责按时祭祀渭阳、长门的五帝庙，御驾亲临的雅兴却再也提不起来了。

既然新垣平号称能望见神气、宝玉气、金宝气，王气当然也是应当能望见的。虽然《史记》《汉书》中还没有提到所谓"王气"，但顺水推舟，过不了多久，云龙风虎，自然就会出现的。果然，两汉之际，当逐鹿中原的形势再次出现时，就有望气者向刘秀进言，说他的老家舂陵（今湖北枣阳）城中有喜气，细细一看，原来是："美哉王气，郁郁葱葱。"

至于掘山断陇以破王气，这种观念在秦汉之际也是很流行的。大将军蒙恬为秦始皇戍守边疆，立下汗马功劳，最终却冤死在秦二世和赵高的手里。在后人看来，蒙恬的功劳簿上，首先要记的是他指挥修筑万里长城。当时的人却觉得，这非但不是功，反而是罪："起临洮，属之辽东，城堑万馀里，此其中不能无绝地脉哉，此乃恬之罪也。"（《史记·蒙恬传》）修筑长城都可能破坏地脉，掘地成河，断绝王气，就更顺理成章了。再说，秦始皇个性刚戾，《史记·秦始皇本纪》记他在位第二十八年（前219）南巡，渡江到湘山祠，碰上大风，几乎不能过江。他认定是湘水之神湘君存心跟他作对，大发雷霆，马上派来"刑徒三千人，皆伐湘山树，赭其山"，狠狠地报复了湘君。为一点小事尚且睚眦必报，毫无风度，为金陵王气这样的大事，自然更是无所不为了。美丽的传说总是能准确反映人物的个性，具体把握时代的环境和氛围，散发着美丽的魅惑，传达出独特的文化意味，让人宁信其有，不信其无，欲罢不能。

传说再美丽，终归还是传说。说实话，南京及南京郊区的人工河并不鲜见，从春秋吴国的胥溪（又名中江、溧水，沟通太湖与固城湖），三国孙吴时开掘的运渎（连接秦淮河与孙吴宫城）、潮沟、青溪（又称东渠），明初开凿的上新河、中新河、下新河，还有溧水胭脂河（在溧水区西部，沟通石臼湖与秦淮河），一直到1976年到1980年间开掘的秦淮新河，几乎都是人工开掘的。开凿这些运河，有的是为了交通运输的便利，有的是出于城防泄洪等安全考虑，目的明确，也很现实，因此才能从古到今，乐此不疲。可惜，秦淮河却偏偏不属于这一类。在好事者看来，这真有点煞风景。

唐代以后，越来越多的人认识到这一点。人们刮去历史传说的美丽涂饰，接受了科学的、理性的、朴素的结论。早在远古时代，秦淮河就是长江的一条支流，也是南京城内最大的河流。它有两个源头，北源在句容宝华山南麓，称句容河，南源在溧水东庐山，称溧水河，二水合流于江宁区方山埭西北村，然后曲折逶迤，从上方门流入南京市区。在通济门外九龙桥，河流分为内、外两支。内秦淮河向西，由东水关入城，穿过市区南部，会合五代杨吴城濠的水流，再向西流到淮青桥，与南下的青溪水流会合，再向西流经利涉桥、文德桥、武定桥、镇淮桥、新桥、上浮桥、下浮桥，最后出西水关与外秦淮河会合。外秦淮河过九龙桥后向南再向西，流经长干桥，在赛虹桥分为两支。干流一直向北，与内秦淮河会合，流过石头城，最后从三汊河汇入长江；支流向西，流经江东桥，最后由北河口汇入长江。不管在城里，还是在城外，秦淮河水道蜿蜒曲折，地势高下起伏，完全依照自然走势，丝毫没有人工开凿的痕迹。从唐代的《建康实录》到元代的《至正金陵新志》，都说耆旧相传，方山以西渎江土山三十里，是秦始皇所开，石硊山的河道，也是秦始皇凿开的，当然都是无稽之谈。秦淮河流经三县一市，全长100多公里，流域面积2600多平方公里。远在石器时代，秦淮河流域就留下了人类的足迹，沿河布满了原始村落，已被发掘出来的，就有五六十个，其中包括著名的湖熟文化遗址和窨子山遗址。可见，秦淮河早就有了，否则，远离水源的先民是很难立足的。

　　早到什么程度呢？地质学家李四光给我们找到了答案。

1935年，他经过多年的实地考察和认真研究，发表了专著《宁镇山脉地质》。这本名著提到，约在一亿年前，以河北燕山为代表的地壳运动"燕山运动"广泛地影响了我国东部地区，也使南京地区地壳强烈地上升和断裂，由此形成了宁镇山脉和其他主要山脉。约在距今一千万年前，南京地区地壳抬升，地表遭流水侵蚀，南京段长江和秦淮河、滁河等河流就在这一时期发育起来了。一千万年前，那是一个多么遥远的时代！秦始皇野心真大，好事者想象力真丰富，居然能把秦淮河与秦朝联系在一起了。

无风不起浪。每个传说的出现都有它的背景。那么，"金陵王气"的说法又是如何出笼的呢？

根本上，这是出于三国孙吴建都南京的现实政治需要。目前能够看到的记录这种说法的最早的一批历史文献，包括虞溥《江表传》、山谦之《丹阳记》、孙盛《晋阳秋》以及伏滔《北征记》，都是六朝人的著作。在语气上，都是传疑之词；在时代上，则没有早于三国的。不知为什么，西晋人陈寿在《三国志》中为张纮作传时，只说张纮建议孙权宜建都秣陵，却没有载录他陈述的具体理由。这么重要的建言内容，按说不应当删略、遗漏。难道陈寿觉得《江表传》中的那种说法，只是杂传野史中常有的传闻之辞、不实之谈？也许。但至少，这种说法在三国时代已经出现了。

望气之类的政治肥皂剧，在三国史上也曾不断地上演。公元220年，曹丕称帝，改元为黄初；翌年，刘备在蜀称帝，改元为章武。孙权闻报，不禁蠢蠢欲动。"生子当如孙仲谋"。他不愧老谋深算，首先招来占星师，问吴地分野中的星气怎么样。这当然意在为自己的称帝践位编借口，找理由，堂而皇之地说，就是找天命的依据。公元229年春天，在多年的韬晦酝酿之后，孙权终于在武昌披上了天子的衮龙袍。当年秋天，孙权还都建业。

观察星气，其实就是观察是否有王气。当时的人相信，他们能够从星气中看到王气。据说，晋未平吴之时，吴越之地的分星斗牛之间常有紫气，望气者都说，吴国气运正盛，南征恐怕不易取胜。晋国朝野议论纷纭，当政者也不免有点心虚，只有张华不以为然，坚决主张发兵平吴。平吴之后，人们发现斗牛之间的紫气非但没有消失，反而越来越明显了，心里虽然踏实了一些，还是不能释然。张华打听到豫章人雷焕对星占纬象之类很是在行，就把他找来，终于找到了真正的原因。原来这样异之气不是吴地的王气，而是豫章丰城地下沉埋的龙泉、太阿两柄宝剑的光芒。"物华天宝，龙光射斗牛之墟。"王勃《滕王阁序》中的这个名句，说的就是《晋书·张华传》上记的这一回事。

《晋书》喜欢载录奇闻轶事，这一段就是。博物多识的张华不相信紫气之异，而笃信这一类故事的人，在六朝时代却比比皆是。为了争夺荆州，经营长江上游，孙权曾迁都武昌，后来受到江东特别是吴姓大族的强烈反对，又还都建业。他的孙子归命侯孙皓，也搞过迁都还都的把戏。按《三国志·吴志·三嗣主传》注引《汉晋春秋》的说法，他是为了趋避王气。当时有望气者报告，荆州有王气，将会击破扬州，对住在建业宫的吴主孙皓特别不利。孙皓一面不惜兴师动众，徙都武昌；一面派人扒荆州界内与山冈相连的那些大臣名家的墓穴，以镇压王气。正在这时，山贼施但聚众数千人作乱，攻入建业，孙皓闻信，自鸣得意之余，急派精兵强将数百人，从荆州杀入建业，号称是荆州兵来破扬州。这时的孙皓，不用说，就成了王气的当仁不让的化身，可谓煞费苦心。

这个吴国末代君主既虚荣骄狂，自以为是，又疑神疑鬼，胆小如鼠。他非常忌讳勋臣名将。有一次，孙皓听到民间传闻，说建康都城东北幕府山东北方的大将甘宁墓地有王气，就下令凿开墓地，破坏风水，泄其王气，结果竟挖成了一条长十余里、阔五丈、深一丈的运河，称为直渎。公元271年，有个叫刁玄的政治骗子，编了一套"黄旗紫盖，见于东南，终有天下者，荆、扬之君乎"的谎言。这套谎言其实并不新鲜，将近五十年前，吴国郎中令陈化出使魏国时，就对魏文帝提过"紫盖黄旗，运在东南"的旧说，还搬出"《易》称帝出于震"（"震"指东方）

为论据，因此赢得了政治和外交的主动，维护了国家的利益。这种说法，充其量只是些政治宣传，可以鼓舞民心，激励士气，不能代替实力。孙权当然乐于相信，但并没有因此冲昏了头脑。孙皓却受了蛊惑，飘飘然不知所以，又带着母后妻子和后宫数千人，浩浩荡荡从牛渚沿陆路西上，说是要应验"青盖入洛阳"的天命。途中遇上大雪，道路泥泞，车重道滑，人困马疲，饥寒交迫，苦不堪言，差一点弄出一场兵士哗变。这一类自欺欺人的把戏，改变不了孙皓最终当归命侯的命运，只是给后人留下谈资，增添咏叹而已。六百多年后，诗人温庭筠经过吴主陵，感慨万分：

王气销来水淼茫，岂能才与命相妨。

虚开直渎三千里，青盖何曾到洛阳？

——《过吴景帝陵》

吴国灭亡了，斗牛之间的紫气消失了，但江左的"王气"并没有消失。西晋以后，"王气"以及变相的"王气"说，依然层出不穷。西晋太安（302—304）中，民间流行一首童谣："五马浮渡江，一马化为龙。"后来，"一马化为龙"被解释为317年晋元帝登上帝位。这是"王气"的一种变形。南齐永明元年（483），又有望气者说，南京城内新林、娄湖、青溪等地都有天子气，齐武帝就在这些地方大起楼苑宫观，三番五次到这些地方巡幸，免得这些天子气肥水外流，又在青溪起旧宫，以消弭此气。"王气"也罢，"天子气"也罢，在齐武帝眼里，已不像创业之君那样，是对外宣传、扩大影响的舆论；而是和孙皓一样，是对内加强凝聚力、防止篡逆内讧的需要，是心虚的表现。一个是攻势，一个是守势，毕竟不同。

侯景之乱后，建业城池凋敝，梁元帝决定迁都江陵，臣僚中的楚地人，纷纷表示支持。理由是：建业旧都，王气已尽，而荆南之地，天子之气方兴未艾。这差不多就是庾信感叹"将非江表王气，终于三百年乎"的时代。二百多年后，当刘禹锡来到湖北大冶的西塞山，当许浑来到南京，满目疮痍的六朝历史，明日黄花的金陵王气，就牢牢地印入他们的诗歌，擦也擦不去的是沧桑的泪痕：

> 玉树歌残王气终，景阳兵合戍楼空。
> 松楸远近千官冢，禾黍高低六代宫。
> 石燕拂云晴亦雨，江豚吹浪夜还风。
> 英雄一去豪华尽，惟有青山似洛中。
>
> ——许浑《金陵怀古》

历史是健忘的。过了几百年，金陵王气的说法再次甚嚣尘上。话说在朱元璋攻占金陵之前，未卜先知的刘伯温站在西湖岸边，望见一朵五色祥云从金陵冉冉升起，断言那就是金陵王气，他要辅佐的真龙天子已经出现了。这个真龙天子的手下，有水师名将俞通海、俞通沅、俞通渊三兄弟，是《水浒传》中阮氏三兄弟一类的好汉，仗着极好的水性，跟随朱元璋南征北战，立下了汗马功劳。朱元璋登基之后，有人报告城西俞氏兄弟宅第之处发现有王气。朱元璋本想将俞氏兄弟发配充军，后来采纳刘基的建议，在俞家门口掘井立碑，明为表功，实为破坏其地脉。传说碑上四周刻猫百只，有再多的"俞"（鱼）也吃得掉，又在俞宅后门造堵门桥，东建钓鱼台，西边的巷子取名赶鱼巷，周围尽是一些弯弯曲曲的小巷子，犹如八卦阵，总之，是为了让"俞"（鱼）们无处逃窜。

这是南京的民间传说，未必实有其事，却反映了老百姓对朱元璋性格的文学理解，也说明金陵王气在南京的文学和文化土壤中，根扎得多么深，伸得多么远。

龙江夜雨

虎踞龙蟠

龙盘虎踞帝王州，帝子金陵访古丘。

春风试暖昭阳殿，明月还过鸬鹊楼。

——李白《永王东巡歌》之四

话说三国时代，刘备派诸葛亮出使江东。面对冈峦起伏的秣陵形胜，诸葛亮指点江山，不禁感慨："钟山龙蟠，石城虎踞，这里真是帝王之宅啊！"时至今日，在金陵城西的清凉山公园，还有相传诸葛亮曾在此挽缰驻马的驻马坡；在附近的乌龙潭公园里，也有相传当年诸葛亮曾在此饮马的遗迹；漫步清凉山附近，入眼的地名有龙蟠里、虎踞关；南京城东和城西新辟的两条交通干道，也分别被命名为龙蟠路、虎踞路；乃至街上卖的啤酒，除了金陵啤酒，还有龙虎啤酒……千百年来，江北江南，城中城外，不知有多少人，把"龙蟠虎踞"这句话挂在嘴上。历史和现实、传说与信史，在这里已经水乳交融，难分彼此。诸葛亮的轶事在大街小巷不胫而走，成为人们茶余饭后的消遣，雅俗共赏的谈资。明代万历十七年（1589）的状元焦竑，是本城所出的一位博学洽闻的学者，面对龙虎传说，也不免随声附和。是诚心诚意，信以为真，还是抑制不住乡土之怀，因情而生文？焦状元往矣，只留下一条巷名供人凭吊。他当日的心思，又有谁能说得清楚？

最先记述龙蟠虎踞轶事的，可能是晋人张勃的《吴录》。这位江南学者的知名度比蜀中丞相诸葛亮差多了。如果你认识他的兄弟，那位秋风一起、就想念吴中家乡的莼菜鲈鱼脍、毅然拂袖归去的张季鹰，那位宣称"使我有身后名，不如即时一杯酒"的张翰先生，那么，你或许会对他感觉亲切一些。这一对"难兄难弟"的年代，大约与陆机、陆云兄弟同时，距离三国分立，已经数十年。在经学中，公羊派学者解说《春秋》，分为所见世、所闻世、所传闻世，每况愈下。张勃作《吴录》时，很多史事显然不是亲历亲见，而是得之所闻，乃至得之所传闻。比如诸葛亮的这一段轶事。

传世的各种有关三国的历史著作，对同一件事载录异辞或者互相矛盾的，并不稀罕。南朝学者裴松之注《三国志》时，广征博引，相互比勘，发现有不少这一类情况。其中的原因，有的可能是时代不同，史料来源也不同；有的可能是正史杂史体裁有别，叙述态度自有差异。《吴录》的说法，不仅与《江表传》矛盾，也与《三国志》不同。按《三国志》和《江表传》的说法，诸葛亮并没有到过京口，更没有来过建业。他曾奉命去说服孙权，那是在柴桑，也就是今天的江西九江。《三国演义》第四十三回《诸葛亮舌战群儒》，写的其实就是这一次出使，当然，小说家也免不了添枝加叶，铺叙渲染。

刘备倒是来过京口的。那是建安十五年（210）十二月，意在向孙权求借荆州。这是在《三国志·蜀志·先主传》和《通鉴》卷六十六都有记载的。此次远行，他有可能经过秣陵，趁机仔细观察地形。他显然与孙权谈过话。除了《江表传》，另外还有好几种史书，都说在孙、刘谈话中，刘备曾经建议孙权定都秣陵。不过，一句句读下来，刘备这一番话中，并没有提到什么"龙蟠虎踞"。

谁都知道，龙和虎，尤其是龙，是君王之象，不可以随随便便使用的。《周易》乾卦说："九五，飞龙在天，利见大人。"这是王者之象，非同寻常。《后汉书·光武帝纪》中，后来成了东汉开国功臣的耿纯衷心拥戴刘秀，一心一意表示要攀龙附凤。在他眼里，刘秀正是一条潜龙。这是耿纯的预见。孙权身边的周瑜，也很有前瞻的眼光。《通鉴》记他劝孙权不要出借荆州，担心"恐蛟龙得云雨，终非池中物也"。刘备是一条蛟龙，有朝一日，时机成熟，这条蛟龙就要腾云驾雾。那时，再想捆缚他的手脚，只怕力不从心。周郎眼光犀利，看穿了刘备老谋深算的面目，看出刘备不是那种甘心久居人下的人，只能以"蛟龙得云雨"的潜在威胁警戒孙权，显然，他心里极不愿意看到这种可能变为现实，看到这条蛟龙变为一条真龙。

孙权当然也不愿意。他也是以飞龙自比、以真命天子自居的人。公元229年，当夏口、武昌两地报告有黄龙、凤凰的祥瑞出现，孙权就按捺不住得意和喜悦，在文臣武将的拥戴之下，正式登上帝位，并改元为黄龙，铭功纪盛，永志不忘。随后，孙权派使者正式通告蜀汉，建议二帝并尊。让东吴人感到意外的是，蜀汉君臣反应极为强烈，普遍认为此举有违国体，名不正言不顺，差一点要与东吴断交。幸而诸葛亮深明大义，以大局为重，维护了吴蜀联盟。刘备一向自认为汉室苗裔，自居为汉朝正统的继承人，在这种事上过度敏感，也是可以理解的。

实质上，"龙蟠虎踞"就是金陵王气说的异变，也可以说是它的形象化、具体化。六朝人对此很信服，史传中也津津乐道这一类祥瑞。《南齐书·祥瑞志》记载，萧齐祖上的旧茔在常州武进彭山。据说那里山陵岗阜相连，绵延数百里，山上常有五色云气，有龙出现。宋明帝很是忌讳，派相墓工高灵文专程前去占视。没想到高灵文与萧道成早有深交，考察回来，就蒙骗宋明帝，说那地方没有什么了不起，顶多出个方伯；背后却偷偷把"贵不可言"的结论泄露给萧道成。宋明帝心里还放不下，干脆派人在墓地附近校猎，又用长五六尺的大铁钉钉墓地的四周，镇压可能的王气。与宋明帝的心虚不同，定都建业的孙吴听到"龙蟠虎踞"，应该是很乐意的，说不定也飘飘然而壮志凌云了。

不过，即使诸葛亮、刘备确曾到过秣陵，似乎也犯不上用"龙蟠虎踞"之类的话来恭维东吴。当时，三国鼎足之势虽然还没有确立，但以曹操、孙权、刘备为首的三大势力，都有志逐鹿中原统一天下，一番智慧和实力的较量正等着他们，未知鹿死谁手。曹丕称帝后，孙权称藩，受吴王之封，表面上装作心悦诚服，内心里只是把这当作缓冲的战略，以退求进。况且，这个吴王有自己的正朔纪元，有自己的百官公卿，在自己的疆土内发号施令，绝非等闲藩王可比。在强劲的对手面前，说什么"龙蟠虎踞"，只能长他人的志气，灭自己的威风。在这样的关键时刻，双方都很需要社会凝聚力，需要号令一方的政治旗帜，此时吹捧对方有"龙蟠虎踞"的形胜，无异于倒持太阿而授人以柄，何苦来哉？再说，孙权未迁治秣陵之前，只有金陵邑，还没有所谓石头城，"石城虎踞"一句，不是落空了吗？

诸葛亮没有实地考察过秣陵的地形，不会说这句话；刘备有可能到过秣陵踏勘地形，即使劝孙权迁治秣陵，原话也不会是这样。只有一个可能，那就是东吴自说自话，是又一次巧妙的政治宣传攻势。打着诸葛亮的旗号，当然最有广告效应；即使打起刘备的旗号，也显得比较客观公正，事半功倍。这段话的始作俑者，可能是吴地士族。孙吴建国初期，百端待举，都邑迁徙未定，这段话的出笼，至少有利于朝野上下坚定建都秣陵的信心。

东吴的首府和首都，起初一直在变。孙氏崛起于吴郡富春（今浙江富阳），最早的势力范围是在吴郡，在扩张的过程中，首先要征服当地的山越，设治于吴郡，以经营三吴，是当时的政治军事需要。倘要进一步向长江中游发展，吴郡僻处一隅，有时免不了鞭长莫及。建安十三年（208），为了便于与黄祖作战，孙权把首府从吴郡（苏州）迁到京口，即今天的镇江。京口城因山为垒，缘江为境，正好处于会稽——建康交通线上，进可攻，退可守，颇为有利。但跟秣陵比起来，京口的地形又略逊一筹。秣陵城郊群山围护，东有钟山，西有清凉山，北有长江、北湖（玄武湖），南有秦淮河，中间平敞，交通方便，历来是兵家必争之地。两千四百多年前，越王勾践灭吴后，曾在今天的南京城南高地修筑越城，以此为阵地，与楚国作战。这里有丰富而宽阔的江河水道，是天然的水军训练场。在赤壁大战中，孙刘联军克敌制胜的利器就是水军。当年，汉武帝为了打通前往身毒（今印度）去的交通线，不惜劳民伤财，在长安近郊挖了一个昆明池，周围40里，广320顷，作为水军操练场。换了秣陵，就可以因地制宜，免去一项劳民伤财的大工程。据说孙权只想

平湖堤水

利用绵亘十余里的秦淮河来训练水军，东晋以后，玄武湖也被用上了，刘宋的时候，不但在湖上训练水军，而且在湖的西岸检阅过步兵和骑兵，真正成了一个天然演武场。难怪，那时人都称它为"习武湖"。

建安十六年（211），孙权迁治秣陵，第二年，改称秣陵为建业。出于安全的考虑，东吴在建业城西秦淮河入江处筑石头城，以防备从陆地进犯的敌人，又于巢湖以南修濡须坞，以防备来自上游的军事威胁。这一点，田余庆在《东晋门阀政治》中分析得很透彻。三吴是当时江南经济比较发达的区域，利用苏南太湖、长江、秦淮河等水系，三吴物产可以顺流北上，到达建业，供给比较方便。首府设在吴郡，充其量像春秋吴越诸侯那样守据一方；迁府建业，则可以西控荆楚，北争中原，成就王霸之业。这些理由都很实在，眼前也似乎有一些唾手可得的利益，孙权不会无动于衷。

择地建都，要从政治、经济、军事等各方面权衡利弊。形势不同，利弊天平当然也会有变化。孙吴奉行的是实用主义的政策，曾多次迁都，先是迁离建业，黄初二年（221），孙权又自公安迁都鄂，并改名武昌（今湖北鄂州市），就是为了与刘备争夺荆州。黄龙元年（229）九月，又从武昌还都建业。同时，又留下上大将军陆逊辅佐太子孙登镇守武昌，并留下一批尚书官守，仍是为了加强长江中游的防务。在孙权眼里，武昌至少还是陪都，有着和建业一样举足轻重的地位。前后算起来，他在武昌待了八年，此前，他在秣陵已住了十年。这是六朝历史上最长的一次迁都。

东吴的迁都不止这一次。太元二年（252）四月，孙权薨，诸葛恪秉政。废太子孙和当时正在长沙，为南阳王。诸葛恪恰好是孙和之妃张氏的舅舅，孙和派黄门陈迁到建业与诸葛恪联络，有觊觎皇位之意。诸葛恪又派人到武昌修葺宫殿，摆出一副要迁都武昌的姿态，民间传言他要迎立孙和，议论纷纷。其实，诸葛恪更可能是为了摆脱吴地士族的强大影响。这一次迁都最终流产，也是由于三吴士族的反对。孙和之子末主孙皓即位后，还搞过一次迁都，那是在公元265年。但没过多少日子，老百姓就怨声载道，过了一年多一些，就草草收场，还都建业去了。要说原因，一是水长波急，扬州百姓从长江下游逆水而上，供给物资，苦不堪言；二是作为东吴政权支柱的江东大族，如吴郡（苏州）顾氏、陆氏、朱氏和张氏，阳羡（今宜兴）周氏，吴兴（今湖州）沈氏等，几十年来，他们已经习惯了首都建业的生活，更不愿离开他们的家乡和势力范围过远。这些大族代表强大的三吴本土势力，他们的意向自然也举足轻重。

另一方面，这几十年来，在战争的余暇，建业的城市面貌大有改观。透过左思的《吴都赋》，我们可以看到，当时的建康城驰道宽敞，两旁青槐依依，林荫茂密，城边绿水盈盈，城中民

长干春游

舍稠密，府署营屯，星罗棋布，长干一带，更是繁华，飞阁雕甍，相互连属，堪称东南富庶之区。顾、陆、朱、张等吴中高门大族卜居秦淮河和青溪两岸，乐不思吴，数百里外的鄂城更是不可同日而语了。因此，左丞相陆凯上疏，猛烈抨击武昌的地形，不是王都安国养民之地，"船泊则沉漂，陵层则峻危"。又引了一首童谣："宁饮建业水，不食武昌鱼；宁还建业死，不止武昌居。"那武昌鱼大概是团头鲂、团头鳊之类，产于鄂城县樊口一带，滋味鲜美异常，不在吴地的鲈鱼之下。可是，这些人宁可喝建业的淡水，也不想尝异乡的美味；宁可死在建业，也不情愿在武昌的宅第安居。天知道，这童谣是不是他们自己编出来的。只能说，这里面不只有浓浓的乡愁，更有一股强烈的政治怨望，不是浪漫的乡土抒怀，而是危险的反抗情绪的喷发：是可忽孰不可忽！

东吴后来的几次迁都，目的地大都在武昌，也就是在长江中游，而建业则在长江下游。武昌、建业之争，实际上是东晋以后历史上时常发生的荆（州）、扬（州）之争的萌芽。迁都意味着战略思想的迁移和转变，意味着不同的地方利益群体对东吴政治控制权的争夺。龙蟠虎踞之类的政治传说的产生，就是建业及三吴群体的政治利益的体现。

在前后共计332年的六朝时代，除了孙权迁都武昌的八年，孙皓迁都武昌的一年，以及梁元帝迁都江陵的三年，定都金陵

（先后称为建业、建邺、建康）凡320年。金陵作为江南帝都的地位，没有被撼动过。晋宋以后，京口的战略地位越来越重要，成为长江下游的军事重镇，但它从来只是建康的门户，在东边卫护着都城的安全。石头城经过历代修筑，日益坚固。在谢朓的眼里，它"郁盘地势远，参差百雉壮"，真是固若金汤。山上的烽火楼高峙江滨，占据了城西南的制高点，春秋佳日，文人雅士登高望远，吟咏感叹，谢朓便写过《将发石头城上烽火楼》。齐武帝也曾登上此楼，诏令群臣赋诗，宗室萧颖胄的诗写得好，还受到皇帝的嘉奖。一旦有紧急警报，烽火从建康至江陵，半天就传到了。直到宋代，在张舜民、陆游等人的眼里，石头城虽然不很高，但峭壁屹立，蜿蜒曲折，依旧天然一段好城垣。

天长日久，越来越多的历史传说不断滋生，日益稳固了金陵王都的地位。东晋刚在江左立足的时候，百废待兴，相传王导曾指着正对建康都城正南门——宣阳门的牛头山，对晋元帝说：这就是天然的石阙。那时，城池残破，王导指山为阙，恐怕不无劝慰皇帝之意吧。甚至晚到刘宋之世，都城外六门仍有设竹篱的，建元二年（344），才修立了六门都墙。据说当时人们还常常发现钟山山顶上缭绕着紫金色的云彩，气象壮观。正如"龙"一样，这神秘的紫金云色也被附会成王者独有的尊贵气象。其实，正如蒋赞初在《南京史话》中指出的，"这只是山上

牛首烟峦

的紫红色页岩，在阳光照耀下反射出来的自然色彩"，丝毫没有什么神异。不过，老百姓却宁愿相信神异之说。据《南京的民间传说》记载，今天南京还流传着这样的民间故事：紫金山顶有一个藏宝金殿，山脚下有个种紫茄子的老汉金老三。山神给他一个小茄子为开门钥匙，赔偿他的损失。他的老太婆太贪心，结果却什么也没拿到。从那以后，山肚里的金银宝库再没有打开过，而宝气却冲开地表，成为飘在山顶上的紫金色云雾。这虽然是传说，但也说明：紫金山多么顽强地展示自己的骄傲，炫耀自己的不同凡俗。

时光像秦淮河水一样流逝，南京越来越建立起帝都的自信。齐梁之世，这自信达到了顶峰。五世纪最杰出的诗人之一谢朓曾歌唱它：

> 江南佳丽地，金陵帝王洲。
>
> 逶迤带绿水，迢递起朱楼。
>
> 飞甍夹驰道，垂杨荫御沟。
>
> 凝笳翼高盖，叠鼓送华辀。
>
> 献纳云台表，功名良可收。
>
> ——谢朓《入朝曲》

诗人随流光逝去了，而歌声却沉淀了下来，沉淀在秦淮河的水里，成了金陵城刻骨铭心的记忆。

在六朝三百多年中，金陵的都邑地位还经历了另外几次考验。

晋穆帝永和十二年（356），桓温率军击破羌族姚襄，一度收复洛阳，上表请求还都洛京。可是，当时的河南地区经过长期战乱，破败不堪，人力物力都不足以为进取的凭恃。桓温的迁都，实质上也不是真的有意以此为据点恢复中原，而是想趁此机会，在掌握了长江中上游之后，进一步控制朝廷，玩弄晋帝于股掌之上。只是他的实力一时还不能够胁迫晋室北迁，所以扰攘了一阵，迁都也就成了泡影。宋文帝元嘉（424—453）中，曾有钱塘要出天子的谣传；前废帝永光（465）初，又传出湘州出天子的谣传，都没有动摇金陵的都邑地位。大多数时候，我们看到的是所谓金陵与江陵之间的"二陵之争"。宋少帝景平二年（424），江陵城上出现紫色的云气，望气者都说这是帝王之符瑞，最终证明又是虚惊一场。到了南齐东昏侯永元三年（501），后来的齐和帝萧宝融当时还是相国，手下纷纷劝进。萧宝融曾经做过荆州刺史，手下人就在江陵立宗庙、南北郊、州府城门等，一律仿效建康宫的制度，又设置尚书五省，以城南射堂为兰台，南郡太守为尹，为篡位制造舆论。郢州平定之后，萧颖胄又倡议迁都夏口（故城在今武汉黄鹄山上），柳忱坚决反对，提出巴峡一带动乱未平，不宜随便舍弃根本，摇动民心。萧颖胄不以为然，不久，巴东之兵打到峡口，迁都的喧哗才沉寂下去。五十年后，梁元帝萧绎终于定都江陵，那时几乎是无可奈何、别无选择了：先是建康城遭遇侯景之乱，已经残破不堪；接着他手下的一批楚地臣僚一心只想待在江陵，不愿东下；最后加上这里还是萧绎登基前的根据地，毕竟是有根底的。可惜好景不长，未出三年，这个新都城就被西魏军队摧枯拉朽似的攻破了。在历史长河中，江陵都城只是短暂的一瞬，犹如惊鸿一瞥，人们很快就忘却了。

对金陵形胜，人们却记忆犹新，念念不忘。钟山如龙蟠伏，易守难攻，石城控江制淮（秦淮河），地势险要，尤其是兵家必争之地。三国东晋以来，在时局危急时刻，石头城总是战守之地。从左思《吴都赋》中的"戎车盈于石头"，到刘禹锡《西塞山怀古》诗中的"一片降幡出石头"，文学作品中写到石头城，常常弥漫着昔日的兵氛。晋元帝永昌元年（322），王敦叛军攻入建康，在石头城发生过一场激战。石头城东有一块巨石，民间唤作塘冈，就是当年王敦杀害周伯仁（顗）和戴若思（渊）的地方，后人常来凭吊，成为遗迹。直到唐初，徐敬业举兵反武则天时，也曾派其部下崔洪渡江修葺石头城，抗拒唐军。平定徐敬业之后，唐朝也分派三百人在此镇守。南宋时代，金陵一直是沿江重镇。建炎三年（1129），宋高宗在这里建行宫，改名为建康府，设立了江南东路安抚司进行管理。宋孝宗隆兴元年

（1163），宋金议和，诗人陆游上疏，建议从临安（今杭州）迁都便于攻守的建康，但没有被采纳。陆游登上建康城西的赏心亭，举目远望，充满感慨："孤臣老抱忧时意，欲请迁都涕已流。"失望之情溢于言表。

如果陆游愿意，他可以轻易地在前代诗人的咏叹中，为自己的迁都建康之议找到附和者。在鲍照《还都至三山望石头城》的诗中，石头城"关扃绕天邑，襟带抱尊华"，大有王者气象；在何逊《登石头城诗》里，则是"关城乃形势，地险差非一"，也足以让人敬畏。隋朝大将史万岁率军南征，到了石头城下，也不能不感叹石头城的险峻："石城门峻谁开辟，更鼓悟闻风落石。界天自岭胜金汤，镇压西南天半壁。"这一条条都是建都的好理由。唐代至德二年（757）初春，在安史之乱的纷扰之中，永王李璘舟师东下金陵，在幕府中帮他出谋划策的李白作《永王东巡歌》，大声宣扬军威。面对这座城市，李白首先想到的是"龙盘虎踞帝王州"，想到南朝的"昭阳殿""鸡鹊楼"，想到控带三江五湖的扬都地势，想到谢安在淝水之战中击败苻坚清除胡尘的不朽功业。金陵作为帝王之居，当之无愧，适宜在这里建大功业——这就是李白浮想联翩的核心。

南唐和明朝建都南京，当然不会不考虑此地的形胜。南唐的势力核心范围只及江南一隅，大明王朝的基业，则奠基于长江下游两岸。高启是明初的重要谋臣，也是明朝诗坛的大家，兼有政治家的眼光和文学家的敏感。在他的心目中，金陵城池气势雄壮，不同凡响：

> 大江来从万山中，山势尽与江流东。
>
> 钟山如龙独西上，欲破巨浪乘长风。
>
> 江山相雄不相让，形胜争夸天下壮。
>
> 秦皇空此瘗黄金，佳气葱葱至今王。
>
> ——高启《登金陵雨花台望大江》

可笑秦始皇掘河埋金，徒劳无功，金陵王气依旧葱茏。在明初，这种观感是有代表性的。明成祖朱棣迁都北京，南京成了陪都，好像后宫失宠的妃嫔，但仍然有人从他的青翠山色、连绵山峦中，看到逶迤曲折的天堑之守，看到古往今来若隐若现的王气。

十九世纪中期，太平天国定都金陵，并改名为天京。天京这个名字当然响亮，还嗅得出一股自我神化的气味。在他们看来，金陵自古是帝王之家，天下名都，王气所钟；其次，江南经济富庶，资源丰富，自唐以来，就是国家财政的重要依靠；第三，地域广阔，城墙高厚，北有长江天险，四周群山环抱，虎踞龙蟠，地势险要，便于攻守。第一条是历史的理由，虽然确实，却未必可靠。第三条是地理的依据，早在明代，王守仁《登阅江

石城霁雪

楼》诗就说过："险存道德虚天堑，守在蛮夷岂石城？"越到后来，攻城的军械兵器越先进，天堑就越不足恃。1937年12月，在日寇的炮火和屠刀中，在南京三十万人民的血泊中，作为国民政府首都的南京宣告陷落。一年后，在不堪回首的沉痛中，诗人胡小石还不忘提起金陵的形胜，"龙虎开天阙，金汤拥石头"（《南京陷及期书愤》）。龙蟠虎踞也好，天阙也好，金城汤池或金陵、汤山也好，不管用典，还是实写，可叹都无补于事了。最后，只剩下第二条，是经济的理由。越到近来，这一条理由就显得越重要。

民国政府成立后，在讨论国都问题时，大部分人的意见集中在北京和南京两地。最终，主张建都金陵的人占了上风，他们认为，南方是倡议革命的根据地，建都金陵，可以洗刷清朝数百年的污俗，荡涤污垢，与时更新。但国学大师章太炎却致书参议院，申言建都金陵有五害而无一利：僻处江南，国家威力不能及于长城以外；北方文化已衰，长城以外，不再能够蒙受国家教化，影响甚大；国家重心在南，东三省及中原失去重镇，面临日俄窥伺，难免有土崩瓦解之忧；逊清余党仍有可能死灰复燃，徙都南方，犹如纵虎兕于无人之地，实堪忧虑；迁都的同时还要迁移诸使馆，劳民伤财。为了能够"长驾远驭"，章太炎甚至提出建都新疆伊犁，认为这才是最理想的选择。危言耸听，而忠爱可鉴。但早在明末清初，黄宗羲在《明夷待访录》

中，就曾经从经济着眼，提出不同的看法：秦汉之时，关中田野开辟，人物殷盛，刚摆脱蛮夷之号的吴楚之地不能与之同日而语；而明清之时，关中人物粟帛则远远不及东南吴会。一个国家好比一个家庭，吴会富庶之地好比家中的仓廪府库，千金主子应当亲自守护；至于其他地方，则好比门庭院墙，有仆妾之类看管就行了。在安史之乱以及黄巢起义中，唐王朝没有马上崩溃，最重要的，就是由于东南地区的经济命脉没有被完全切断。应该说，在交通不太发达的时代，在哪里建都，对国家开拓经营边疆和军事守卫态势，影响甚为明显。但此一时，彼一时，近现代以来，交通通信日益发达，在定都之时，更应该考虑的恐怕不是形胜地理的因素，而是环境、资源以及国策与经济发展等方面的综合衡量。

李商隐《咏史》诗曰："北湖南埭水漫漫，一片降旗百尺竿。三百年间同晓梦，钟山何处有龙盘。"

三国时代，当"龙蟠虎踞"说刚刚出笼的时候，钟山确实没有真龙盘踞。后来孙权死了，埋在钟山脚下的孙陵岗，世人称为"吴主坟"。在南朝齐武帝时，这里建了一座"商飙馆"，也称"九日台"，君臣们经常到这里登高览胜，讲经习武。近代以来，孙陵岗遍植梅花，成了南京人喜爱的景点，梅花山也因此得名。据说朱元璋生前就选定钟山南麓的独龙阜玩珠峰为百年后陵寝之所，还别出心裁地让另一位英雄孙权为他守陵。按旧说法，哪怕是按最严格的标准，朱元璋也是算得上"真龙天子"的，这条龙倒海翻江几十年，最后蜷伏在钟山脚下。"钟山龙蟠"这句话，仿佛成了等待一千年才应验的谶言。历史就是这么巧合，这么有戏剧性。有一年春天，我不能免俗，跟着人流，出城赏梅。站在孙陵岗之上，眺望林木掩映中的孝陵，竟然有了诗思：

> 盘龙日暮驾云霞，瘦骨幽香出旧家。
> 九五白头更漏子，三千绿水浣溪纱。
> 人今怜我犹怜己，我自看人如看花。
> 不苦空郊霜露重，深宫只有夕阳斜。

青骨成神

金粉南朝是旧游，徐妃半面足风流。

苍天已死三千岁，青骨成神二十秋。

去国欲枯双目泪，浮家虚说五湖舟。

英伦灯火高楼夜，伤别伤春更白头。

——陈寅恪《来伦敦治眼无效将东归至江宁赋》

　　陈寅恪先生这首诗作于1946年，诗题见于《吴宓与陈寅恪》一书。在《寅恪先生诗存》中，这首诗题为《南朝》。两种题目，前者比较切实，突出诗的背景与本事；后者比较委婉，借历史感怀隐喻对时局的忧念。就诗论诗，应该说，两种诗题都是可以的。第四句诗中的"青骨成神"，既是南朝的典故，也跟南京有密切的关系，特别切题。

　　"青骨成神"说的是蒋子文的故事。蒋子文何许人也？他是广陵（今扬州）人，为人嗜酒好色，挑达无度，看样子是个纵情任性的人。有意思的是，他自认为"骨清"，注定死后将成为神。不过，在生前，他的官运似乎不太好，只是一个小小的秣陵（今南京）县尉而已。虽然官小位卑，他却干得很尽职。有一天，为了捉拿逃贼，他一路追赶到钟山脚下，终于把贼抓住，自己也不幸被贼击中额头，受了重伤。他草草包扎了一下，以为不会有什么事。出人意料的是，没多久，他却死了。这是在汉末发生的事。

此后不久，孙权在南京建都。有一位蒋子文当年的老部下称，他曾在路上碰到蒋子文。老领导骑着白马，手执白羽，身边的侍从与活着的时候也没有两样。部下大惊失色，慌忙走避。蒋子文追上他，对他说："我现在是这里的土地神，会赐福给这里的黎民百姓。你回去后，就宣告百姓，为我建一座祠庙，不然会有大灾祸降临。"一开始，人们并不认真。那一年夏天，南京果然爆发了一场大疫，老百姓十分恐慌，窃窃私语，谣言纷纷，有些人开始偷偷地祭祀。

蒋子文又通过巫祝传言："我要全力保佑孙氏政权，应该赶快替我立祠庙。不然的话，还会有一场灾难：我要让小虫飞到人的耳朵里，得病的人必死无疑。"过不久，果然有一种像尘虻一样的小虫飞进人的耳中，名医高人也束手无策，患者坐以待毙。老百姓更加恐慌，人人自危。

钟阜晴云

这时，孙权还不相信。蒋子文再次通过巫祝传语："再不祭祀我，马上会发生更严重的灾祸。"这一年，建康城火灾频繁，有时一天就发生多起，有的甚至殃及王宫。谈起这事，文武百官都认为假如鬼神有所归宿，就不会作厉为害，所以，应该尽快安抚慰勉。于是，孙权派专使封蒋子文为中都侯，封蒋子文的二弟蒋子绪为长水校尉，赐予印绶，并在钟山为蒋子文建了一座祠庙，后人称为蒋庙。从这一天起，都城灾疠止息，平安无事，老百姓越发笃信蒋侯的神灵，庙里的香火自然也一天旺过一天了。这些故事流传很广，东晋时候就被编到《搜神记》里去了。

不过，这事在《后汉书》和《三国志》等正史中都没有记载，但我还是相信，蒋子文应当实有其人。至于他身后是否真有那么多灵异故事，那就很难说了。六朝人的志怪趣味，小说家的传奇笔墨，总喜欢渲染点缀，说得格外生动曲折些。史家即使有所记叙，也会有所不同。《三国志》中，恰好有这么一段故事，说的是孙权末年，在今浙江临海一带出了一个神，自称名叫王表。王表说话和日常饮食都跟一般人一样，只是不现真形，而靠身边一个叫纺绩的婢女传话。孙权立即封王表为辅国将军、罗阳王，派中书郎李崇带了印绶，接王表出山。一路上，王表不时叫婢女跟沿途的山川之神打招呼、通关节。他虽然是初次出门远行，但与各地郡守令长谈起当地大小政事，却莫不如数家珍。孙权在苍龙门外，为王表建了一座住宅，孙权身边的近臣也不敢得罪他，时常给他送吃的喝的，殷勤得很。王表预言水旱诸事，大多数都很灵验。蒋子文与王表差不多同时，一个封侯，一个封王，一开始，王表似乎更受尊崇，到后来，蒋子文的地位扶摇直上，王表就只能自叹不如了。

封为中都侯的蒋子文，最初的庙在孙陵岗附近，就是今天南京东郊著名景点梅花山。三国时代，魏国称长安、洛阳、许昌、邺、谯为五都，在五都范围之中的地区，称为中都。蒋子文封为中都侯，当然与魏国没有关系。"中都"还有一个意思，即"都中"，意为"首都之中"，与《史记·平准书》"漕转山东粟，以给中都官"同意。古代汉语中，方位介词前置的例子比比皆是。从《诗经·邶风·式微》"式微式微，胡不归？微君之故，胡为乎中露？"，到曹植《送应氏》"中野何萧条，千里无人烟"，"中露""中野"都是这种用法。蒋子文封号中的"中都"，大概也是这个意思。

蒋子文是首都的神祇，受到官方认可的礼敬崇拜，其际遇当然与众不同。南京东郊的钟山，本来是因山形如钟而得名。不巧，孙权祖父名叫孙钟，钟山一名犯了吴大帝的家讳，大帝干脆下令将钟山改名为蒋山。这样，一夜之间，仿佛南京东郊这一大片青翠的山陵、这一处紫气龙蟠的所在，也都成了蒋子文的封地。

显然，蒋子文一开始只是南京本地百姓祭祀的神，也许还只能算是淫祀。江东民风，信鬼好祀，对魏晋南北朝志怪小说稍加涉猎，相信就会有这种印象。以南京为中心的长江下游地区，更是这种风气的中心。祖台之《志怪》有一段"曲阿塘边母猪臂上系金铃"的故事，那个爱上母猪的尴尬的男主角，就是刚从建康回家度假的吴中士大夫。另一段故事中，建康小吏曹著邂逅的庐山夫人，来历不明，大概也是民间崇奉的淫祀之神。这一类神鬼之中，只有王表、蒋子文一路直升，封王封侯。若无政治风云的激荡，这是不可想象的。

　　公元252年，对东吴来说是一个很不吉利的年头：年初，潘皇后薨，孙权病危。文武百官多次上门，请王表作法祈福，王表见势不好，干脆失踪了。这应该是孙权授意或默许的。东晋史学家孙盛评述这件事时说："国将兴，听于民；国将亡，听于神。"其实，孙盛说得有些片面。孙吴迷信蒋子文，不但时间更长，而且年代更早。那时正当东吴"国将兴"的时候，正需要意识形态方面的支持。蒋子文善于透过政治渠道，扩展自己的影响，从"大启佑孙氏"的诱惑，到"火及公宫"的儆戒，软的一手，硬的一手，配合使用，效果显著得很。蒋子文由南京本地的淫祀神，上升为孙吴政治权威认定的正神，这其实是南京乡土文化与孙吴官方文化彼此利用、互相融合的过程。孙权死后，他的墓就在蒋山之下，静静地，大帝与蒋神相安无事，这是吴国的王权与神权、政治与宗教、官方正统意识形态与民俗信仰和谐结合的再好不过的象征。

在孙权继位之前，这种关系曾经是不和谐的。孙策与道术之士于吉之间就发生过剧烈的冲突。汉末是道教繁兴道术盛行的时代，庐江左慈、琅琊于吉都是当时有名的道术之士。于吉往来吴中，立精舍，制符水，为人治病，立竿见影，所到之处，吴人纷纷迎拜。这使孙策大为不悦。他认为于吉行妖妄之术，惑乱军心，坏了君臣之礼。他将于吉绑起来，命令他大旱之时作法降雨。虽然法术灵验，大雨及时从天而降，于吉最后还是被孙策杀掉了。于吉死后，孙策每次独坐，总觉得于吉在他身边，心里很不自在。有一次他揽镜自照，看见于吉在镜里面，环顾四周，又空无一人。如此反复多次，孙策大怒，把镜子摔破，大叫大嚷，刚刚痊愈的箭疮崩裂，没多久就死了（顺带说一句，这可能是后来《红楼梦》中贾瑞照镜故事的原型）。

孙策临终之时，对孙权说："举江东之众，决机于两阵之间，与天下争衡，卿不如我；举贤任能，各尽其心，以保江东，我不如卿。"人之将死，其言也善，这遗言也确有自知之明。孙策性格暴躁，多的是匹夫之勇，孙权则比较能够戒急用忍，智勇双全。蒋子文最终获得东吴官方承认，并封侯晋爵，首先体现了建都南京的东吴政权的现实政治需要，其次也反映了孙权灵活实用的政治智慧。

西晋平吴之后，作为东吴官方神祇的蒋子文神，即使没有被有意冷落，恐怕也没有理由再受到优待。但这并不意味着他从此就被彻底摈弃了，他只是暂时被边缘化，一旦时机成熟，他还会回到文化话语的中心地带。没过多久，随着司马氏政权的南渡，这样的时机就出现了。蒋子文不仅恢复了当年的风光荣耀，而且加拜相国，重修庙宇，再塑金身。从东晋干宝的《搜神记》看来，那时的蒋子文已经是一个极有权威的神祇，可谓今非昔比。他灵验异常，说一不二，威仪赫赫，有关的故事也更多地流传开来了。

有一个叫刘赤父的人，梦见蒋侯召他当主簿，启程的日期仓促得很。刘赤父到蒋侯庙陈情，说家里上有老，下有小，实在有困难，乞求放过他，同时推荐了"多材艺、善事神"的会稽人魏过自代。刘赤父跪在地上，叩头直到流血，随他怎么哀求，庙祝就是不答应，说蒋侯只看中他，不要别人。没多久，刘赤父就死了，看样子是到蒋侯府里当主簿去了。

东晋简文帝时，三个官宦人家的子弟酒后同游东郊，到了蒋王庙。庙中供着几尊妇人像，颇有几分姿色。三个年轻人多喝了些酒，乘着酒兴，指着神像，说要娶回家当媳妇。当天晚上，三个人不约而同地梦见蒋侯派人给他们捎信："我家女儿长得不好，您既然不嫌弃，就约下某月某日来迎娶吧。"三人吓坏了，赶紧备了牛羊豕三牲，到庙里谢罪求情，可是悔之晚矣，蒋侯之命岂能轻易违抗？过不多时，三个人就都死了。

这两则故事中，蒋子文是一个威严赫赫的侯爷，言必予从，令莫予违。但在另一些时候，他却是个少有的、诚挚的情人。东晋以来，在首都做官的南渡士族，往往在会稽一带拥有庄园。他们也把建康的信仰祭祀带到了浙东一带。会稽鄞县（在今浙江鄞县）有个十六岁的姑娘，叫吴望子，姿容可爱。一次，她跟着同乡去"鼓舞解神"，半路上，忽然碰到一个贵人，坐在船中，身边十来个仆从，全都穿戴得整整齐齐。贵人邀望子上船同行，望子婉言谢绝。倏忽之间，贵人从她眼前消失了。望子到蒋侯庙里拜揖时，抬头一看，神座上端坐的，正是刚才那位贵人。他看着望子，温和地问道："怎么来得这么迟？"又从神座上扔下两枚橘子给望子。此后，蒋侯多次显形，与望子的感情也越来越深了。望子想要什么东西，那东西立刻就从空中掉下来。有一次她想吃鱼，即刻就有两条鲤鱼，活蹦乱跳地出现在她眼前。望子的神遇越传越远，她的神通也越传越玄，满城的人都来侍奉她。望子被捧得飘飘然，渐渐地，就对蒋侯有些不耐烦，大概也起了些外心。蒋侯发觉了，就跟她断绝了往来。

在东晋人的眼里，蒋侯神威依旧，灵验照常。新的故事不断诞生，维持甚至强化着人们对他的虔诚。有个人摇着一只小船，天黑时，带着年轻妻子赶路。上岸的时候，妻子被一只老虎掳走了。这人一向迷信蒋侯，日常多有事奉，情急之中，只好祈求蒋侯相助。蒋侯果然派人引路，使他得以飞速赶到虎穴，杀死虎子和随后回来的老虎，救出了妻子。夜里，蒋侯托梦给他，他才知道原来有神灵佑护。回家后，免不了杀猪献祭，表示感谢。

而另一方面，蒋子文也不失时机地表达自己对东晋政权的忠诚。据说在孙恩作乱时，乱党中有一男子匆匆窜入蒋庙，刚进门，就被庙里的木雕神像一箭射杀。东晋名相王导的爱子王长豫得病将死，蒋侯也主动现身前去救治，虽然没能妙手回春，却使王导暂时得到了宽慰。还有一个传说：在苏峻作乱时，蒋侯曾和钟山神一起，联手出力，帮助晋军诛除了苏峻。

以现代理性衡量，这一类故事当然荒诞不经，但在当时，人们是作为信史看的，态度也是认真严肃的。孙恩乱军逼近建康时，当时执政的会稽王司马道子束手无策，只知道每天到蒋侯庙祈祷蒋神保佑。此前，听说前秦苻坚大兵压境的消息，司马道子也曾带着仪仗鼓吹，到蒋庙向蒋子文奉上相国的封号。执政者的态度，说明了射杀乱党之类故事出笼的政治文化背景。

南朝四代，蒋子文的地位节节上升。其间，刘宋初年一度普禁淫祀，自蒋子文以下祠庙皆被禁绝，但打压毕竟是暂时的。到宋孝武帝孝建元年（454），蒋王庙又修葺一新，蒋子文再次加官晋秩，成了相国、大都督中外诸军事。宋明帝时，在鸡笼山立九州庙，大聚群神，当时四面兵起，风声正紧。在紧张的气氛中，蒋子文又顺利地晋封为蒋王。萧齐时代，东昏侯滥杀老臣宿将，激起老将崔慧景的兵变，乱兵从广陵杀入台城，慌乱之中，东昏侯藏到蒋王的神座之下，躲过了这场风波。兵乱平定后，他论功行赏，蒋子文再次晋级，跃升为蒋帝。后来，陈高祖也曾亲幸钟山，祭祀蒋帝庙。

最有戏剧性的故事发生在梁朝。天监六年（507），首都大旱，诏令到蒋帝庙祈雨。可是过了一百天，还是没有动静，梁武帝大怒，竟要聚荻焚毁神庙。在即将点火的那一刹那，蒋帝现身显灵，乌云遮天，顷刻雨下，梁武帝急忙叫停。本来，皇帝即位以来，还一次没到过蒋帝庙，于是备法驾，带了朝臣去拜谒，歌吹喧天，鼓舞动地，给足了蒋神面子。这件事过后，皇权与神权不仅重归于好，而且更加密切了。皇帝的虔诚换来了蒋帝的佑护。当北魏大将杨大眼南下犯境之时，蒋帝亲自出马，主动报效，多方扶助梁军。那几天并没有下雨，江水却无端暴涨六七尺，魏军措手不及，大败而逃。待梁师凯旋，人们发现庙中偶像及马的脚上都沾有湿泥，看得出是随军出征留下的痕迹。事后，梁武帝进一步提高了蒋帝庙的规格，以庙门为灵光之门，中门为兴善之门，外殿称为帝山，内殿名曰神居，西阁佛殿叫作灵鹫，东阁才是蒋子文神的居处。论名称，看制度，都是以人间天子相比拟，隆极之尊，无以复加。

纵观南朝二百余年，蒋王神的香火长盛不衰。每年迎神赛神的庙会，聚集了各路巫祝，吸引了满城百姓，这种空前的盛况在沈约《赛蒋山庙会》中有生动的描绘。这位被沈约称为"年逾二百，世兼四代"的神祇，真是不同寻常的人物。难怪，南宋诗人曾极在《金陵百咏·蒋帝庙》中，那么羡慕地说："阖棺漫说荣枯定，青骨犹当履至尊。"青骨成神，确是罕见。

在六朝人看来，蒋子文能够成神拜侯，封王称帝，是宿命的前定。这就是他自称的"青骨（一作骨清），死当为神"。"骨清"也好，"青骨"也好，都是骨相学的说法，由来已久。秦汉之际，自称精通相人之术的蒯通，在游说韩信之时，就说"贵贱在于骨法"。蒋子文所谓"骨清"，就是骨相清奇之意。汉魏以来盛行的人物品鉴，从人物的品评，泛滥到诗文艺术的品评。如果评语中用了"清"字，那是应该看作"赏誉"的。同时，"清"的标格，甚至"清"字本身，都带有一些仙气。清风明月，让人飘飘欲仙；天帝宫阙被称为是清都；仙境称为清虚之地；清癯被用来描写仙人的容貌；道书中也有《太平清领书》。有仙风道骨的人，那骨相自然称得上"清"。在后汉三国时代，骨相法依然很流行。在当时人的眼里，孙权"形貌奇伟，骨体不恒，有大贵之表"。蒋子文骨相清奇，与众不同，这是成神的重要资本。

但不知为什么，后来的文献中，说到这件事，往往又把"骨清"写作"骨青"或"青骨"。作为一个描写词，作为一个文学典故，"青骨"散发着死亡的狰狞和神秘的气息，气氛沉重冷寂，色彩凝固暗黑；而"清骨"则比较轻盈，也比较明亮一些。就一般人来说，"骨青"或"青骨"似乎比"骨清"或"清骨"更具体，更形象，也更容易理解一些。在宋初的几部大书，比如《太平御览》和《太平广记》中，"骨清"就写作"骨青"或"青骨"。最初，这可能只是版本字形的偶然异写，后来，以讹传讹，流传开来了。北宋时代那些渊博的学者，还是知道孰是孰非的。欧阳修《荷花赋》就说："非江妃之小腰，即广陵之清骨。""小"与"清"相对，正好适合。到了宋元之间，很多人已经不大清楚"青骨"这一典故的来历。写《梅硐诗话》的韦居安自己承认，他是偶尔翻阅叶廷珪编的类书《海录碎事》，才弄清了这个词的底细。

从人到神，从侯到帝，蒋子文的地位登峰造极，他的风光持续了六个朝代。这是一场众目睽睽之下的造神运动，这个运动的过程，与六朝建都南京的过程始终伴随。六朝之后，这场造神运动还在继续，尤其是定都南京的朝代：南唐曾追谥蒋子文为庄武帝，并重修庙宇，再塑金身；宋仁宗景祐二年（1035），朝廷赐庙额曰"惠烈"……与六朝相比，这只是余波而已。可以说，这场造神运动也完成了对蒋子文的文化和文学形象的塑造，而蒋子文的形象又反过来重塑了南京这座城市的文化和文学传统。从唐朝开始，蒋子文开始跨出志怪小说的圈子，大规模进军文坛，盘踞诗人文人的想象中区。在骚人墨客的心中，他是一个文化符号，一个文学隐喻，他是金陵的象征，是六朝沧桑的重要见证，是过去那一段历史的魅力依旧的记忆。

蒋王庙的存在，首先使人从空间上联想到他的根据地南京。宋司马光《送吴仲庶知江宁》诗说："青骨灵祠在，黄旗王气收。""青骨灵祠"是蒋子文的象征，也是南京的象征，而且与"黄旗王气"相对应，对句与出句的有力摩擦，点燃了文学想象的火花，使人联想蒋子文昔日的王者威仪，缅怀江左当年的笙歌繁华。

蒋王庙的兴废，也使人从时间上联想到六朝兴亡。神祠祭祀往往与王气国运相关，国盛则庙新，香火兴盛，国衰则祠庙冷落，无人理会。江左六朝，钟山是众山之杰，每年上巳之日，都城士女常常游集于此，人气旺盛。可是，在晚唐诗人韦庄的眼里，这里只剩下满目苍凉，"建业城荒蒋帝祠"，空余凭吊。也许，这是一些历史化的幻象，带着社会政治的感叹，严肃而沉重。同时，也有一些更轻盈、更瑰丽也更个人化的想象，例如温庭筠《蒋侯神歌》：

> 楚神铁马金鸣珂，夜动蛟潭生素波。
> 商风刮水报西帝，庙前古树蟠白蛇。

吴王赤斧斫云阵，画堂列壁丛霜刃。

巫娥传意托悲丝，铮语琅琅理双鬟。

湘烟刷翠湘山斜，东方日出飞神鸦。

青云自有黑龙子，潘妃莫结丁香花。

这是一幅色彩艳丽的画面。画面上的蒋子文俨然一副帝王之尊，商风、金珂铁马、蛟潭白蛇等，无不增添着他的神秘色彩。他更是一位美丽有魅力的男神，受到美丽多情的潘妃的钟爱。诗人的语气婉转劝阻，却不容置疑地说出他的魅力无可阻挡。温庭筠另有一篇《题竹谷神祠诗》："寂寞湘江客，空看蒋帝碑。"可见，蒋王的神威不仅南被三吴，而且溯流西上，到了荆湘地区，结合当地的"淫祀古风俗"（李嘉祐《夜闻江南人家赛神因题即事》），逐步流行开来，几乎可以与舜帝湘妃相提并论。

　　一个文学形象的意义，是在不断发掘和创造之中日益丰富的。近代以来，蒋子文的王侯之尊又被用来隐喻历代帝王和统治者，特别是与南京有关的"一国之君"。最早发现这一层隐喻意义并明确使用的，似乎是陈寅恪先生。他诗中的"青骨成神二十秋"，指的是二十一年前（1925年）去世的孙中山先生。程千帆师也有一篇《辛未重九日》，又题作《闻夷州近事》：

青骨成神十六秋，惊波日夕尚回流。

方酣孰胜南柯战，待虑微闻楚国囚。

劫后旌旗难一色，别深霜雪总盈头。

无多岁月偏多感，三妹新来又远游。

这首诗写的是1991年的台海局势，古典和今典的融合，使诗歌别有一种绮丽的情采。诗的笔法和命题风格显然受了陈寅恪的影响，但诗中用蒋子文与三妹巧妙隐喻蒋介石与宋美龄，却是千帆师的创造。比起蒋子文，他那个别号青溪小姑的三妹的名气略小一些。最初的故事中，只有蒋子文的二弟蒋子绪，从蒋子文又衍生出三妹青溪小姑，则是稍后的事。再后来，更有传说蒋子文遇难死后，小姑挟二女投溪死，明万历间，甚至为她们立节烈祠。这大概是后人依仿舜与二妃的故事而编造出来的。

《搜神后记》中有一段谢家沙门竺昙遂的故事。西晋太康年间，年轻帅气的竺昙遂经过青溪庙，不料，被青溪小姑看中，召去做了庙中的男神。可见青溪小姑在西晋就有了。在一般人的印象中，青溪小姑是一个寂寞忧伤、颇有尘俗情味的神女。《神弦歌十八首》中有一首《青溪小姑曲》：

开门白水，侧近桥梁。小姑所居，独处无郎。

元嘉五年（428），官廨在青溪中桥（位置大约在今天的四象桥）的东宫扶侍会稽赵文韶，秋夜步月，怅然思归，以歌遣怀，不料他的歌声引来了一个十八九岁容色绝妙的女郎，还有一个十五六岁的青衣婢女，自称来自附近的尚书王叔卿家。女郎开口唱道："日暮风吹，叶落依枝。丹心寸意，愁君未知。"真是深情动人。他们彼此对唱，互诉衷情，缱绻半夜，四更才别去。临别之际，不免互相赠物定情。姑娘脱下头上的金簪相赠，赵文韶回赠了银碗、白琉璃匕。一别之后，音容渺茫。后来，赵文韶偶然到青溪庙中歇息，看到他的银碗就摆在神座上，琉璃匕也放在屏风后头，而青溪小姑的神像和旁边侍立的青衣婢女，形象与当夜所见无二，才知道他所追恋的就是青溪神女，通常人们称作青溪小姑的三妹。

三妹青溪小姑的祠庙，就在青溪中桥旁边。东晋南朝，青溪小姑时常现身显灵，神威也越来越大。她的庙里有一棵大树，树上有鸟窝，一般人碰不得，因为那是小姑养的。相传东晋太元中，陈郡谢庆骑马经过青溪庙，用弹弓射杀了几只小鸟，第二天就受到小姑的惩罚，以致暴死家中。

南朝末年，隋军攻破台城，从景阳宫井中抓到陈后主和张丽华、孔贵嫔，二妃就是在青溪中桥被晋王杨广下令斩杀的。宋代，青溪小姑祠中供有三尊妇人神像，另外两个就是屈死的陈朝妃子。意味深长的是，主流社会的道德话语要把她们永远订在历史的耻辱柱上，而民俗和文学却替她们洗刷，帮她们解脱。

姑是六朝人对年轻女性的称呼，志怪小说中常见。刘敬叔《异苑》中有梅姑、紫姑。紫姑原来是大户人家的小妾，被大妇所嫉，正月十五日死，民间就在这一天祭祀她。《搜神记》中有丁姑。据说她是在九月九日那天被婆婆逼迫劳累至死，民间哀愍她的惨死，在九月九日这一天祭祀她，并形成了妇女九月九日不用做事的民俗。《乐府诗集》卷四十七《湖就姑曲》中的"湖就姑"，也是南京本地淫祀中的一位女神。岁月如驰，丁姑现身显灵时，已是一位白发老妪，而美丽多情的青溪小姑却似乎能永葆青春，靠着与蒋子文的裙带关系，她从一个年轻的女神变成了青溪夫人。这个称谓，使人注意到时光在她脸上也留下了一些印痕。

在唐代以及唐以后的笔记传奇中，像赵文韶一类书生遇佳人的故事实在太多了。也许还来不及筛选过滤，所以，在唐人笔下，出现的还是三妹，还是青溪小姑。杨炯《少室山少姨庙碑》写道："亦犹蒋侯三妹，青溪之轨迹可寻；虞帝二妃，湘水之波澜未歇。"有了青溪小姑，娥皇、女英二妃在文学上就不孤独了。有了青溪小姑和"小姑独处"，在文学语言中，出自罗隐《赠钟陵妓》的"云英未嫁"就无独有偶，正好配成风雅的一对。有了青溪小姑，那些怀春的女子，就有了一个可以寄托知

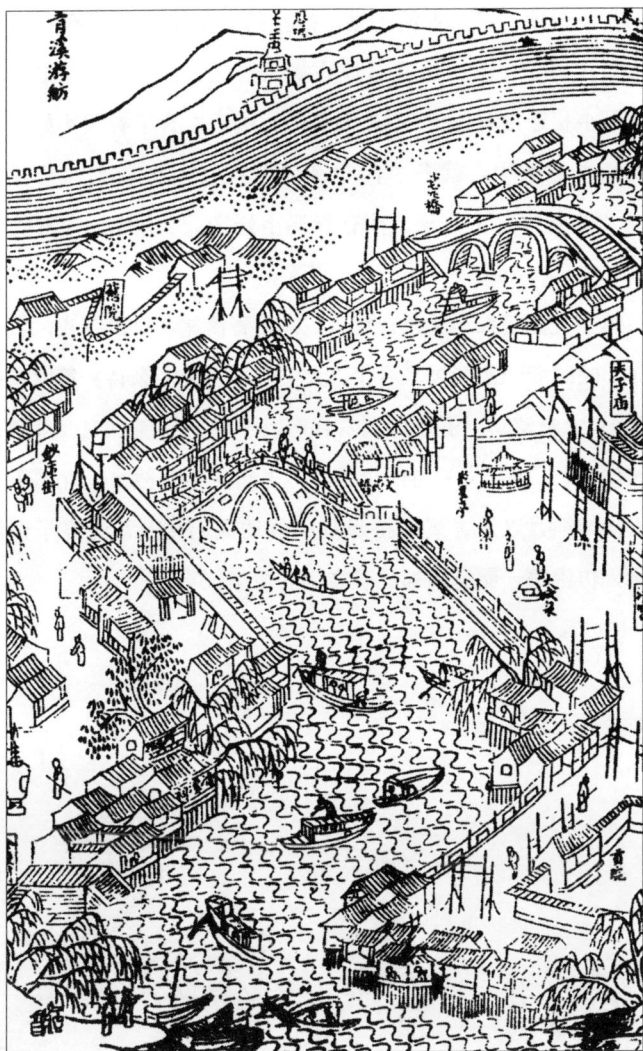

青溪游舫

己的文学形象。有了青溪小姑，排行第三的小女子就有了自己的形象代表了。清人厉鹗《悼亡姬诗》之一："第三自比青溪妹，最小相逢白石仙。"不是很美的比喻吗？有了青溪小姑，文人的绮思艳想中，就多了闪电或者彩虹了。黄遵宪《又和实甫》："笔留白石飞仙语，袖有青溪小妹图。"不是很含蓄的暗示吗？

蒋子文和三妹，兄在青溪头，妹在青溪尾，日日夜夜，岁岁年年，映照着一曲青溪。清代诗人王士禛《秦淮杂诗》第六首："青溪水木最清华，王谢乌衣六代夸。不奈更寻江总宅，寒烟已失段侯家。"蒋子文神奇的青骨，蒋王庙灵异的故事，青溪小姑迷人的容颜，以及青溪中桥那些美丽动人的传说，照亮了青溪水木，仿佛每一圈涟漪都泛着文学的清华。

旧时王谢

朱雀桥边野草花，乌衣巷口夕阳斜。

旧时王谢堂前燕，飞入寻常百姓家。

——刘禹锡《金陵五题·乌衣巷》

我想先说一段故事，跟这首诗有关的一段故事。

据说唐朝的时候，金陵城里有个后生叫王榭。王家世代以航海为业，家资巨富。王榭继承祖业，驾了一艘大船，远航去大食即当时的阿拉伯帝国做生意。船在海上走了一个多月，有一天，忽然海风大作，惊涛骇浪扑面而来，同船上下齐心合力，无奈风浪险恶，人力难支，船终于倾覆了，船上的人全都落水，无一幸存。只有王榭落水以后，抱到一块木板，在海浪中随波逐流，周围鲸鳌出没，左右海兽鱼怪，张目呀口，险象环生，差一点葬身鱼腹。他在海面上漂流了三天三夜，最后见到一块陆地。王榭喜出望外，舍板登岸，才走了百来步，就见到一对老夫妇，他们都穿着乌黑的衣裳，约莫七十多岁。两位老人见了王榭，高兴地说："这不是我们主人家的郎君吗？怎么到这儿来了呢？"王榭讲了事情的经过，老两口带他回家，端来吃的，无非是海鲜之类。王榭休息了一个多月，身体康复了，老头就带他去见国君。

穿过稠密的居民区，走过热闹的街市，跨过一座长桥，他们来到了宫殿。殿上群臣个个穿黑衣，戴黑帽。相见过后，国王关照老头好好照顾这位"本乡主人"，凡事总要让他如意。王谢就一直住在老头家里。

老头有个女儿，天生丽质，两个年轻人天天接触，日久生情，老头也有意将她许配王榭。王榭身居异地，孤苦寂寞，又感念这一家人的热情款待，当然满口答应。成亲之日，王榭定睛细看，只见新娘两目流盼，含情脉脉，腰肢纤细，妖娆多姿，体态轻盈，仿佛翩翩的飞燕，煞是喜欢。自到此地以来，王榭所见所闻，心头堆积了好多疑问。新娘告诉他，这里是乌衣国，至于老头为什么说他是主人家的郎君，新娘推说日后便知，不肯多讲。婚后，夫妻相对宴乐之时，妻子时常乐极生悲，愁眉不展，泪光盈盈。王榭很纳闷，妻子却淡淡地说是怕不久会离别，还说这是命中注定，由不得人的。

国王召见王榭，赐宴于宝墨殿，宴席之上，每件器皿包括乐器都是黑色的。国王劝酒时说："从古到今，到过鄡国的，连足下在内，也只有两个人。机缘难得，何不赋诗一首，既是留念，又可留作他日的佳话呢？"王榭即席赋诗，叙述自己出海遇难、漂流至此的经过，最后表达了怀乡思归的心情："引领乡原涕泪零，恨不此身生羽翼。"国王看了诗，很爽快地答应成全王榭，王榭的妻子却不乐意了："你想回家，明说就是了，何必用诗的最后一句讥笑我们呢？"王榭没明白她的意思，兴奋激动之余，也顾不上去细究。

不久，海上风和日暖，王榭即将远行，与乌衣国夫人依依惜别。临行之际，夫人赠以一丸海神灵丹，并且说这颗灵丹可以救活死去不超过一个月的人。国王的礼物是一个黑色的毡兜子，美其名曰飞云轩。他让王榭钻进去，洒上化羽池水，叮嘱王榭中途千万不要睁开眼睛。顷刻之间，但闻风啸涛怒，不多时，四周平静下来，王榭张开眼睛，发觉已经回到自己家里。堂上一个人也没有，只有两只燕子在梁间相对呢喃。他这才醒悟过来，原来所谓乌衣国就是燕子国。

家人见王榭平安归来，又惊又喜。王榭轻描淡写地说了海上遇难的经过，但没有提乌衣国的事。他本来有一个儿子，离家那年，儿子才三岁，他这次回家前半个月，儿子刚刚病逝。王榭悲不自胜，忽然想起乌衣国夫人的临别赠物，他把神丹塞进儿子嘴里，真是灵验，死去的儿子竟复活了。

秋天到了，梁上那两只燕子即将离去，临行前，它们在王榭头顶悲鸣徘徊。王榭用小纸题了一首诗，系在燕尾上。第二年春天，燕子又飞回来了，燕尾上系了一张小纸条，上面竟也是一首诗：

昔日相逢冥数合，而今暌隔是生离。

来春纵有相思字，三月天南无燕飞。

王榭看罢，心中无限怅惋。这一年春天过后，燕子果然不再来了。而王榭的故事却流传开来，人们就把他住的地方称为乌衣巷。

这段故事见于宋代刘斧《青琐高议》别集卷四，题为《王榭·风涛飘入乌衣国》。这情节太神奇了，尽管作者请出刘禹锡，搬出他的《金陵五咏》，来证明这个故事并非子虚乌有，估计也不会有多少人信以为真。如果把这段故事看作一个象征，慢慢咀嚼，倒是别有一番滋味的。在唐代，六朝世族的盛世已经一去不复返，正如那远隔万重烟波的乌衣国。像王榭（王、谢）这样的衣冠子弟，经过一场惊涛骇浪的激荡之后，回望那段辉煌的历史，回望残阳中的朱雀桥和乌衣巷，余下的只有惆怅和感伤。

历史给这条很平常、很普通的巷子添加了想象，涂饰了浪漫的色彩。其实，王、谢子弟在这里定居以前，乌衣巷的名称早就有了。它在秦淮河的南岸，三国时代是东吴禁军驻扎之地，禁军官兵身着黑色军服，民间就称此地为乌衣营。晋室南渡以后，王、谢二族择居于此，人杰地灵，原先不起眼的乌衣巷越来越引人注目，名声也越叫越响了。

在过江之前，琅琊王氏已经是一股不可小看的政治势力。大孝子王祥、大名鼎鼎的中朝名士王戎、王衍，都出自琅琊王家。后来在东晋政坛上举足轻重的王导、王敦等人，也已经登上政治舞台。永嘉元年（307），八王之乱刚刚结束，五胡之乱迫在眉睫，元气大伤的司马氏政权，注定凶多吉少。就在这一年，王氏家族的代表王衍和东海王司马越等人定计，派琅琊王司马睿移镇建业，狡兔三窟，为司马氏政权留一条退路。这是关系王室存亡乃至中国文化兴衰的千秋大计，王旷、王敦、王导三人都曾积极参与出谋划策。琅琊王司马睿由下邳移镇建业，王敦、王导等人也按计划先后南渡，成为司马睿的僚佐和谋士。田余庆在《东晋门阀政治》中详细分析了其间的利害关系。渡江南下，王氏家族最早，而且是有计划、有步骤、有心理准备的，这与其他南渡世族大不相同。当其他世族仓皇南渡时，他们已然经过一段适应期了。在延续司马氏政权、保存江左文化命脉方面，王氏家族特别是王导能有不俗的作为，这点心理准备太重要了。

乌衣晚照

北方世族经过千里颠簸，惊惶狼狈，来到建业之时，早已身心疲惫，心理落差与生活上的种种不适应可想而知。即使晋元帝，也不免像《世说新语·言语》中所记，感叹"寄人国土，心常怀惭"。每当春秋佳日，北来的士人们常常集聚于城南的新亭，坐在草地上饮宴。望着与故都洛阳相似的金陵山川地形，想到这一场倏忽而至的沧桑巨变，唏嘘不已："风景不殊，正自有山河之异！"在座的人听了，个个悲感交集，都说不出话来，彼此相对落泪。只有王导严肃起来，大声说道："此时此刻，正需要我们齐心协力，辅佐王室，克复神州，怎么能这样楚囚相对？"话是这么说，克复神州谈何容易，王导心里未必不清楚。他更知道，当此狂澜既倒之时，如果不能振作士气，凝聚民心，再卧薪尝胆、苦心经营，也没有用。

　　别人还在为颠沛流离痛不欲生，痛心疾首，王导已经镇定下来，胸有成竹，做好了在江南扎根的"本土化"准备了。他是一个有大局意识、有政治远见的人。为了在江南尽快树立琅琊王司马睿的威信，他煞费苦心，设计了一个仪式：三月三日是传统的修禊日，他和王敦以及另一些南渡名流，恭恭谨谨地簇拥着司马睿出城，那些通常被称为"吴姓"的南方本地世族的头面人物纪瞻、顾荣见了，也不能不肃然起敬。王导说服晋元帝对吴姓世族恩威并用，笼络、利用这些本地势力，为政权在江南立足打下根基。

很久以来，南北世族间就有一些解不开的疙瘩。几十年前，南北双方还互为敌国，南方战败后，南人不免沦为二等公民，而今北人居然流落到了南方。但北方世族一向瞧不起南方世族，对陆机兄弟那样的隽彦才士，也敢公然蔑视。在早期的南北世族关系中，贯穿着一个象征物，那就是北方的食物酪。据说陆机第一次到洛阳拜见王武子时，王武子指着羊酪对陆机说："你们江东有什么东西比得上这个？"骄傲的陆机也不客气，当即回答江东"有千里莼羹，但未下盐豉耳"。王武子的话，将北方世族那种居高临下、妄自尊大的姿态，表现得活灵活现。曾几何时，时空轮换，物是人非。渡江以后，有一次，王导也请出身吴郡陆氏的陆玩品尝羊酪。陆玩作为属下，碍于尊卑礼节，不得不勉强吃下去。回家后，他越想越不是滋味，心里很不舒服，有一种被人捉弄的感觉。第二天，他写了一封短信，发泄心中的怨气："昨天酪吃得多了一些，整夜难过。我是南方人，这次几乎被北方佬害死。"

　　王导虑事周到，初到南土，更没有必要对陆氏摆出倨傲的姿态，请吃羊酪倒可能是出于美味共享的一番好意，推己及人，没想到好心没好报。王导知道，这时候不能发作，也不应该发作。在这国家危急存亡之秋，他需要与吴姓世族搞好关系，需要纡尊降贵，放下架子。他主动向陆玩提出缔结儿女亲家，希望通过婚姻结成政治联盟，不料，对方断然拒绝，还说什么

"薰莸不同器"，不能"乱伦"。这些话很不中听，还颇有挑衅意味，可是，王导并没有放在心上，更没有忌恨。

当时，王导的政治声望如日中天，连元帝司马睿也尊他为"仲父"，还请他登上御座，大有与他平起平坐的意思。民间流传着一句话："王与马，共天下。"王氏居然排在皇室司马氏之前。世族之间，也流行称王导为"江左管夷吾"，把他比作战国时帮助齐桓公成就霸业的管仲。王导是个有度量的人，至少在初期，他还是宽宏大量，知道如何自我谦抑的。后代有人说他外宽内忌，那主要是针对王敦杀周颉那件事说的，骂他借刀杀人，这未必可信。应该说，他为政虚静宽惠，无为而治，为人虚己接物，所以很有人望。东晋在江左渐渐立定脚跟，王氏家族也在建康政坛上稳稳地站住了。此后，王氏人才辈出，家族荣耀持续五朝。

谢家的崛起，还在王家之后，不过速度更快。在西晋之时，谢衡还只是一个博学鸿儒，担任国子祭酒，名声并不很大。到两晋之际，他的儿子谢鲲已经是赫赫有名的中朝名士。谢鲲外表任诞放达，实际上深明时势，政治上极为敏锐谨慎，他为谢家开启了名士家风，也奠定了政治基础。南渡以后，谢衡的孙子谢尚、谢奕、谢据、谢安、谢万、谢石、谢铁等七人，阵容整齐，势力强大，使人们不得不对这个新出门户刮目相看。谢安隐居东山，养育声望，一旦出山，志气凌云。淝水之战的胜败，关系东晋存亡，也关系谢家的兴衰，谁都不敢掉以轻心。这是为君国的生存而战，也是为家族的荣誉而战。谢玄出兵之时，一向与他不合的韩康伯也相信谢玄会全力赴敌。苍天佑助，谢安和谢玄、谢石等人占尽天时地利人和。这场战役的胜利，既挽救了东晋王朝，也大大提升了谢家的地位。淝水大捷后，谢氏家族进入全盛阶段。到了南朝，谢混、谢灵运、谢惠连、谢庄、谢朓等人先后诞生，芝兰玉树，门庭之盛，仍然不是一般家族所能比拟的。

两晋之际，时局动乱，山河飘摇，也像篇首故事中的汪洋大海、惊涛骇浪，以王、谢两族为代表的北方世族好比王榭，闯过风浪，劫后余生，在江南生根发展，乌衣的传说是这一段历史的生动隐喻。作为王、谢两家在建业的据点，乌衣巷渐渐成为一个标志，王、谢子弟也因此被称为乌衣郎。年去岁来，这个巷名积淀了越来越丰厚的文化意义。东晋末年，攻入建康的桓玄乱军看中乌衣巷，要征用为兵营，被谢混出面阻止。谢混是当时谢家的领袖人物，对他来说，乌衣巷不是简单的祖宅，而是家世光荣和传统的符号。这些世家膏粱逐渐与他们的侨居地融为一体，互相赋予对方以意义。这条窄小的巷子带着王、谢子弟，或者说，王、谢子弟穿过这条窄小的巷子，走进盛唐，走进苍茫的历史。

东山棋墅

六代乌衣

"风景不殊，正自有山河之异！"

话虽这么说，其实一南一北，南京和洛阳的风景还是很有不同的。钟山淮水，吴风越雨，对北方人来说，南京的风景和气候应该不难适应，难以适应的是这里的文化地理，是政治上的异地风景。

说到这一点，不能不佩服王导眼光长远，见识不凡。南渡之初，别的北方士族还忙着新亭对泣，忙着顾影自怜，根本没把吴人放在眼里，更顾不上吴语，王导已经开始学习吴地的方言，并使用吴语了。盛夏的一天，清谈家刘惔去拜见王导，他看到王丞相把弹棋棋盘贴在肚皮上，嘴里说着："何乃渹！""渹"的读音 qìng，在吴语中是冷的意思。事后，有人问刘惔见王丞相的感受。刘惔说："也没见王丞相有什么特别的地方，只听到他说吴语！"刘惔不是一个特别迂执的人，不过，王导公然当着

旧时燕：文学之都的传奇

这个北方士族名士的面说吴语，虽说不上是惊世骇俗，起码是需要一点勇气的。有本族前辈的榜样在此，年轻的王徽之、王献之兄弟也就不耻下"学"吴语了。初学一种方言，表情腔调总有一些不自然，有时难免显得滑稽可笑。王徽之兄弟风度翩翩，可是，在高僧支道林眼里，他们说吴语时的样子笨拙好笑，就像"一群白颈鸟，只听到哑哑的叫唤声"。这是语言学习中不可避免的代价，没有办法。侨居异地，不学会本土语言而导致隔膜和摩擦，付出的代价也许更大。语言的本土化是文化交融的第一步。

套用一句现在的话，东晋南朝的士族子弟很多都算得上"双语"人才。陈寅恪先生在他的论文《东晋南朝的吴语》中说，东晋南朝的官员应接士人时，一般说北语，应接庶人时，一般说吴语，都有随机应变、左右逢源的本领。时过境迁，他们原先的北方语音也发生了有意思的变化。这种北方语音本来以洛阳音为中心，在江南经过很长一段时间，受到以建康为中心的吴语语音的影响，潜移默化，形成了一种新的复合语音，其中既有北方语音因素，又有南方吴音的影响。一种新的建康方言就这样逐渐成形了。作为东晋南朝的首都，建康无疑是当时南北文化的首要交汇点。今天的南京方言还带有不南不北、既南又北的特点，正好折射了过往的这一段历史。

在北方士族听来，吴语的特点是轻浅，缺点也是轻浅；北方的语音，包括十分流行的"洛生咏"，特点是重浊，而优点也正是重浊。"洛生咏"本来是洛阳书生咏诵的腔调，如果不是因为江左风流丞相谢安的"明星效应"，恐怕不会在江南流行开来。谢安从小害鼻炎，说话的时候习惯捏鼻子，加上他有浓重的陈郡阳夏（河南太康）乡音，咏诵之时，发音别具一格，那种重浊之声的韵味与众不同。就当时的社会影响来说，谢安称得上是政治和文化的双料"明星"。他的大名，他的潇洒风度，使洛生咏风靡一时。江南名流高士纷纷效仿，为了学得更像一些，有的人不惜捏着鼻子发声，声音效果明显提高，只可惜姿态不雅。令人惊讶的是，一百多年后的南齐，居然还有人掌握这个古老的"风流时尚"，而且此人居然是一位吴姓大族名士。更传奇的是，这门"风流"技艺据说还救了这位名士的命。吴郡张融在荒山野岭被几个獠贼劫持，仓促之间无计可施，只好摆出名士的风流派头，不紧不慢地学作洛生咏。毛贼们从来没听过这种奇特声调，竟一下子被震住了，最后，他们放了张融，没有动他一根毫毛。这也许就是风流的魅力吧。

风流的力量无处不在，顾恺之对此一定深有会心。这位出身无锡——那时候叫晋陵——的杰出画家，无疑是一个性情中人。他身处风流核心，能够引领风流，也能不为潮流所动。在吟咏方面他是高手，有人请他作洛生咏，他却断然拒绝，还愤愤不平地说："我干什么要学这种'老婢声'！"从前，黄季刚先生解释"风流"二字，说"风"就是脾气、个性，"流"就是派头。像顾恺之这个级别的人物脾气大一些，派头足一些，特立独行一些，一般人都会容忍，不以为怪，反倒可以传为佳话。但这一回顾恺之却不是故意扮"酷"，而是话里有话，弦外有音。原来，顾恺之曾经很受桓温赏识，桓温死后，接掌大权的谢安却没有重用他，顾恺之颇感失落。他讥笑洛生咏，其实是发泄对谢安的不满。古人说因人废言，顾恺之是因人废"声"。

东晋是六朝贵族政治的鼎盛时代，王、谢家族成员往往是那个时代风流的引领者和代言人，众多的风流时尚都靠他们扇扬。语言上如此，生活上、政治上、文学上也是这样。既然说到"扇扬"，不妨先举一个蒲扇的例子。谢安有位同乡要回家，囊中羞涩，手里只有一大批卖不出去的蒲扇。谢安随手拿了一把，清谈或会客时总是摇着这柄扇子。一时之间，都中士人争相效仿，积压的蒲扇很快被抢购一空。第二个例子是有关衣着的。南渡之初，政府财政困难，百官俸禄都发不出来，只好拿仓库里积压的上万匹布充抵。可是这布太粗，没人肯要。最后还是靠王导带头穿这种布做的衣服，此风流行开来之后，这种布很快就成了抢手货。有时候，风流时尚就是这样没有道理可讲。

在政治生活中，王、谢子弟是热门人物。这一方面表现在权位上，另一方面表现在婚姻中。在贵族政治时代，婚姻是政治权力关系交会最集中的焦点。据说司马睿出镇建邺之初，正值永嘉之乱，公私窘迫，物质条件很差。好不容易弄到一只小猪，那可是难得的美食，猪脖子上有一块肉特别肥美，那是专门留给司马睿的，谁也不能染指。后来，晋孝武帝要王珣为自己的女儿晋陵公主物色乘龙快婿，王珣推荐谢混。此时，另一个世家大族袁家也有意与谢混议婚。按说袁、谢两家也算门当户对，可是，王珣警告袁家别打谢混的主意，因为那是一块专门留给皇室的"禁脔"。这个比喻好像粗俗了一点，不过很能说明问题。能被人称作"禁脔"，可见谢混不是一个庸常之辈。事实上，他不但是皇家的"禁脔"，也是谢安死后谢家的一个核心人物，还是谢灵运这个"八斗之才"的文学导师和人生导师。可惜在晋宋之际政治斗争的腥风血雨中，他死在刘裕手里，晋陵公主也被迫与谢家离婚，改嫁琅琊王氏，两个女儿则托付给谢弘微照管。刘裕当上宋武帝之后，才又准许晋陵公主回谢家。挺有讽刺意味的是，刘裕篡位时，上殿传玺的是谢家的谢澹。毕竟皇权的威严和合法性都离不开高门士族的粉饰，刘裕也需要谢家的配合。六朝篡逆相仍，像一场多幕的政治戏剧，一幕才落下，另一幕又开场，在这里担当"光荣"的串场司仪的往往是王、谢子弟：桓玄篡位时，传玺的是王导的孙子王谧和谢安的孙子谢澹；南齐建国，传玺的是王俭。既然是热门人物，自然也容易成为众矢之的，所以王、谢子弟落得谢混一样结局的，也不在少数，正所谓成也萧何，败也萧何。

王、谢子弟既是政坛明星，又是文坛行家，很难说他们在哪一方面是专业，哪一方面是业余。在文学圈内，有时他们一句话就能吹枯嘘生，有着神奇的效力。东晋时，出身颍川庾家的年轻作家庾阐写了一篇《扬都赋》，呈给本族的头面人物庾亮。这篇赋表面上写都城建康，实际主题却是歌颂鼓吹东晋中兴，跟王廙当年献《中兴赋》一样，忠诚可嘉。或许庾亮早就看出这篇赋虽然政治上正确，艺术新意却很少，可是碍于亲族的情面，他还是不遗余力地吹捧，称这篇赋可以与张衡《二京》、左思《三都》并驾齐驱，当之无愧。他还预言人们会争相抄写诵读，首都的纸价将会因此上涨。这当然是夸大其词，还有徇私之嫌，难怪谢安跟他唱反调。谢安批评此赋"屋下架屋，事事拟学"，缺少新意，不可能引起轰动，更不可能纸贵建康。结果被他言中了。

　　举这个例子，不是说谢安绝不徇私，只是说他这类人物影响力太大，不能小看。袁宏写了一部《名士传》，也是因为没有得到谢安首肯而影响大减。这部《名士传》中颇有一些条文涉及谢安，所以书写好后，袁宏拿去请谢安看。谢安笑他太迂，竟然把自己当年说的玩笑话全都当真。这句话一传开，《名士传》的声誉随即大跌。无独有偶。裴启写了一部《语林》，性质跟《名士传》相近。有人兴致勃勃地向谢安转述《语林》中记的两段谢安的话，被谢安当头泼了一盆冷水，说那是裴启编造的。

那人又当着谢安的面，咏诵书中提到的王珣《经酒垆下赋》，谢安不置一词。此后，《语林》虽然没有销声匿迹，但从此淡出名流高士的中心话题，慢慢被人遗忘了。这种事殷仲堪也碰到过。他有个相识的朋友，擅长写一些束皙体的游戏赋，殷仲堪爱不释手。他把这些作品拿给王恭看，也是"奇文共欣赏"的意思。殷仲堪一边看，一边乐不可支，王恭却从头到尾不吭一声，弄得殷仲堪既失望又尴尬。如果王恭不是这个态度，这些作品说不定就能流传下来，我们就可以尝鼎一脔了。

谢安不理会《语林》，不理会王珣的《经酒垆下赋》，可能跟他与王珣结怨有关。王、谢两族地位最高，常常不把其他家族放在眼里，而对本家子弟则毫不谦虚地吹捧奖饰，毫不客气地为他们造舆论，抬高他们的地位。叔伯吹捧子侄，兄长恭维弟妹，这种事比比皆是，其他家族也未能免俗。一开始，王家自高自大，甚至瞧不起谢家，把谢家看作新出门户。谢万有一次去看王恬，王恬爱理不理，旁若无人，一副倨傲样子。谢家地位上升之后，王、谢两家之间不免相互援引，相互标榜。王胡之在东山隐居之时，曾经穷得几乎要吃不上饭。陶范当时是乌程县令，运来一船米送给他。王胡之毅然拒绝。他骄傲地表示，即使饿得受不了，他也只上谢家门去讨饭，轮不到陶范这样的庶族为他操心。王羲之和谢安往来密切，一起登山临水纵论古今的时候也不少。王羲之与谢安都在世的时候，大概是两家关系的

"蜜月期"。王羲之父子与谢家关系极好，好到让王羲之夫人郗氏觉得自家没面子。她气得叫自家弟弟不要再上门来，因为王家人见二谢来，热情洋溢，而见到郗家兄弟来，则冷淡得多。从东晋到南朝，王、谢两家之间秦晋之好最多，有时也免不了结怨，进而离异，引发一连串矛盾，乃至结下疙瘩，好长时间解不开。名父之子王凝之和名门才女谢道蕴的结合，就有一些不和谐。王珣与谢安交恶，也可能源于儿女婚事，最终以离婚告终。讲到这里，"旧时王谢"这个题目从风流旖旎的历史云端落下，进一步贴近了滚滚红尘，增加了些许现实人间的冷峻况味。

清代诗人王士禛在《秦淮杂诗》中说："青溪水木最清华，王谢乌衣六代夸。"上一段讲的这些故事表明，青溪水木不见得随时随地都那么清华。这一类故事还可以接着往下讲，不过说多了，可能有损乌衣王谢文雅风流的形象，说不定还会大煞风景，还是就此打住吧。

祈泽龙池

贵妃之死

云横广阶暗，

霜深高殿寒。

——丘灵鞠《宣贵妃挽歌》

贵妃死了。

我说的是刘宋孝武帝最宠爱的那个贵妃。在大明六年（462）四月初的建康，这绝对是一条爆炸性的消息。台城内外，首都的街头巷尾，人们都在窃窃私语，议论着这一突发性事件，一种好奇之中夹杂着忧惧不安的情绪从每个人心底升起：这个美丽非常而身份神秘的女人的死，会对国家的政治局势产生怎样的影响呢？这绝不是没必要的瞎担心，也不是无根据的乱揣度。谁都记得，八年前，丞相、荆州刺史、南郡王刘义宣发动的那场震动全国的叛乱，就是因她而起的，随着战乱的平息，这个女人正式进入后宫，成了宋孝武帝刘骏的妃子。谁也都知道，在当今皇上的心中，宠冠六宫的她具有怎样与众不同的地位。八年来，民间流传着各种关于她的宫闱秘闻和小道消息，吸引着人们乐此不疲的好奇。这些传闻如同空穴来风，却又没法落实；没有来历，却能不胫而走。

这个贵妃据说姓殷，是陈郡殷琰的女儿，至少在公开场合，朝廷是这么宣布，人们也是这么说的。最初，她在南郡王刘义宣家，应该就是刘义宣的妃子，也有可能是刘义宣儿子的妃子，刘义宣叛乱平定之后，她才被孝武帝收列后宫。成王败寇，谁让刘义宣成了乱臣贼子呢？诸如此类的事历史上多的是，原不足为奇。可是，大多数人却不大相信官方的说法。远的不说，单看殷琰的际遇就能明白。殷琰是陈郡长平（今河南西华县东北）人，这当然是指他的原籍，实际上他是南渡而来的北方士族。殷琰早年颇受宋文帝赏识，元嘉年间就已经踏上仕途，辗转于诸侯王府和地方州郡。孝建元年（454），刘义宣发动叛乱时，他正担任庐陵内史，乱兵杀来时，他居然弃官逃命。如果他的女儿是刘义宣的妃子，或者他跟刘义宣是儿女亲家，根本没必要仓皇奔逃。叛乱平息后，他因此被逮下狱，但没有多久，就从狱中放了出来，案子就此了结。这当中有什么内幕我们不清楚，看样子不像是殷贵妃在背后活动，否则，一人得道，鸡犬升天，在此后的若干年里，殷琰早该飞黄腾达了。事实是，他在大明年间的官运平常得很，既没有大起，也没有大落。孝武帝死后，他的儿子前废帝即位，开始全面而彻底地清算殷贵妃一系的人，株连甚广，最终却没有清算到殷琰头上，令人奇怪。这只能说明贵妃并不真是殷琰的女儿，他们之间即使有父女关系，也只是名义上的。在孝武帝当年宽宥殷琰的背后，可能有一个政治交易：殷琰奉旨认女，假借给贵妃一个女儿的名义，以掩人耳目；而皇帝原谅殷琰的一切，许他戴罪立功，重新做官。假戏真做，表面敷衍起来容易，真情流露则难，并且要坚持若干年，扮演到底，就更不容易。贵妃死后，殷琰必须在感情上有所表示才说得过去，果然就有这么一篇《宣贵妃诔》，今天还有四句佚文残存在《太平御览》卷三八五——在我看来，这篇诔文一定是奉旨而作，甚至是别人代作，是假戏真做中必不可少的一出。

在当时人眼中，这篇诔文所起的效果，恐怕也只是掩耳盗铃，欲盖弥彰而已。他们相信，在谎言背后另有一个真相。这真相就是贵妃不姓殷，而姓刘，她不是别人，正是丞相、荆州刺史、南郡王刘义宣的女儿。从《宋书》《南史》到《资治通鉴》，从当时到唐代和宋代，正统史家都倾向于这种看法。宋孝武帝刘骏的荒淫好色是有名的，不分什么场合，不管什么对象，也根本不把纲常伦理放在眼里。他在母亲路太后房中留宿外廷妇女，民间传说他和路太后也有不干不净的关系。这种丑闻传到宫外，甚至传到了北朝。颜之推在《颜氏家训·文章》中直指孝武帝有负"世议"，看来这些丑闻并非厚诬。在暴露皇帝阴私这类事上，以刘宋国史为基础的《宋书》下笔总是比较含蓄的，但《宋书·刘义宣传》还是忍不住揭露："世祖（孝武帝的庙号）闱庭无礼，与义宣诸女淫乱，义宣因此发怒，密治舟甲"，准备谋反。论起来，刘义宣是孝武帝的叔父，他的女儿与刘骏是堂姐弟或堂兄妹的关系。孝武帝居然早就"淫乱"了刘义宣的女儿，而且是几个，不是一个。这就让刘义宣忍无可忍，也是激发他起兵叛乱最直接的个人原因。曾几何时，在元嘉末年讨伐元凶劭的战役中，刘义宣还与孝武帝并肩作战，立下大功。孝武帝即位后，刘义宣被拜为丞相，《南齐书·百官志》甚至说刘义宣被拜为相国。不管是丞相，还是相国，这两个官职都是一人之下，万人之上，位高足以震主。魏晋以来，这个官职一般只用于赠官，不轻易作为实职授予人臣，东晋一代，当过丞相的只有王导、王敦、桓温等少数权臣，当过相国的则只有后来篡晋的宋公刘裕一人而已。以刘义宣这样的凡庸之才，官居极品，夫复何求？当然，刘义宣叛乱是因为江州刺史臧质居心叵测，千方百计引诱挑拨，不过，如果刘义宣没有诸女受淫乱的"家仇"基础，臧质之类的小人纵然巧舌如簧，恐怕未必挑得起滔天的国恨。

家仇酿成国恨，终于演变成一场内乱，作为这场内乱的焦点人物，贵妃是有责任的。《宋书·刘义宣传》说，义宣本来定于孝建元年秋冬策动叛乱，后来因为机密泄露，提前到当年二月。这时距离孝武帝正式登基还不到一年，具体说才十个月，孝武帝与刘义宣诸女的淫乱应当就发生在这十个月之内。清代史学家赵翼在《廿二史劄记》中早就说过，宋世闺门无礼，发生在皇帝诸王公主后妃之间的丑事不胜枚举，孝武帝与刘义宣诸女淫乱只不过是其中一端而已。刘义宣叛乱事起仓促，四个月后就被平定，刘义宣在江陵被赐死，他的几个女儿中，至少有一个被孝武帝秘密接进宫里，当上淑仪，假姓殷氏，变成了殷家的女儿。后来，前废帝刘子业将他的姑姑、宋文帝的女儿新蔡公主纳为贵嫔，改姓谢氏，宫中唤作谢娘娘。为了掩人耳目，刘子业杀了一个宫婢充数，李代桃僵，对外宣称公主已经死了。他的手段和孝武帝如出一辙，真是有其父必有其子。话说回来，在孝武帝与贵妃的关系中，她恐怕不是完全被动的一方。论常理，她即使不能报杀父之仇，也可以求死以自全，但她终于成了孝武帝的宠妃，乐不思蜀，在后来的七八年中，替孝武帝生了五个儿子和一个女儿。此后，当刘义宣其他诸女淡出历史镜头，只有她因为"宠冠后宫"，一直停留在历史聚光灯之下。462年，在这场爱情依旧炽热的关头，她却撒手而去。或许她知道，她的离去将给子女带来莫大的悲痛，给孝武帝留下无尽的悲伤，也将对很多人的命运带来影响，但给国家带来灾难，却是她没有预料到的。

贵妃死了。

在她生前，人们都习惯称她为殷淑仪，她去世后不久，人们就改称她为殷贵妃或宣贵妃。如果不这样称呼，有可能惹恼仍然沉浸在悲痛之中的孝武帝，弄不好招来一场杀身之祸。在刘宋后宫制度中，皇后之下，依次是三夫人、九嫔。淑仪只是九嫔之一，贵妃则名列三夫人之首，其地位仅次于皇后，当时人称为"位比相国"，是"天秩之崇班"。刘宋后妃名号中本来没有贵妃，是孝武帝在孝建三年（456）增设的，本来可能就是为殷淑仪度身定制的。不知道为什么一直没有给她？或许在等待时机成熟吧。没料到殷淑仪走得这么匆忙，这么突如其来，孝武帝措手不及，贵妃的封号只好留作身后的追赠。对于死者来说，贵妃的追赠已无实质意义，对于生者来说，却是意义多多，耐人寻味。对孝武帝来说，这个迟到的封号是对她的怀念和补偿；对她还在世的两子一女来说，这个封号足以巩固他们的地位，甚至使他们的地位更加显赫；对东宫太子来说，这个封号则似乎意味着某种咄咄逼人的威胁。

在追赠殷氏贵妃封号这件事上，没有人提出任何质疑。何必呢？大家都读得懂皇上的心思，不要自讨没趣了，无非一个追赠的名号而已。何况紧接而来的，还有更实质性的问题：议定谥号。谥号是对一个人盖棺论定的评价，必须好好讨论，拿出一个让皇帝满意的方案。这时，江智渊迫不及待地站出来，提了一个方案，事后证明他太冒失了。江智渊曾长期在孝武帝身边，一直受孝武帝赏识，前不久才因事触怒孝武帝，被调任新安王刘子鸾的长史。新安王刘子鸾正是殷淑仪的儿子，皇帝的意思是要他闭门思过，好好反省，将来还是要重用他的。江智渊一向自恃才思敏捷，又急于要将功折罪，就提议用"怀"字，没想到孝武帝得知后勃然大怒。按《谥法》上的说法，"怀"的意思是"慈行短折"，"慈行"当然是好话，"短折"即是短命而死，也是事实，平心而论，这个谥号本身并没有什么贬义，相反，倒是有哀伤同情的色彩。只是孝武帝认定这个"怀"字不好听，怎么看也不像"嘉号"，他甚至怀疑江智渊存心跟自己过不去，对此耿耿于怀。有一天，皇帝率领江智渊等人，骑马来到正在修建中的殷贵妃墓地。他用马鞭指着墓前的石柱，恶狠狠地对江智渊说："我绝不容许这上面有一个'怀'字。"可怜江智渊一向谨小慎微，禁不住这番惊吓，惶惧成病，不多久就死了。大臣们理解了皇上的意思，不知是谁提议用"宣"作谥号，"宣"的意思是"善闻周达""诚意见外"，也就是说好名声到处传扬，众所周知，这显然比"怀"字好听多了。孝武帝这才接受下来。从此开始，宣贵妃就成了殷氏的标准称号，当时人的诗文中都是这么称的。

殷贵妃的墓地在建康南面，今南京江宁区西南四十五里，墓址是孝武帝亲自选定的。据说这里山崖岩险，所以原名叫岩山；山的形状又像龙，所以孝武帝改名为龙山。两年之后，孝武帝的景宁陵也建在这里，大概在他生前就安排好了。殷贵妃的墓工程浩大，前后耗时至少半年，是东晋南渡以来所不曾有的，光是凿开山冈，修筑几十里长的陵园道路，就役使了很多民工，死伤的也很多。若不是《资治通鉴》记载，我们简直不敢相信中古建康城曾经有过这样奢侈的墓葬。陵墓竣工之前，孝武帝亲自到现场督工；竣工之后，他又时常带着臣下亲临陵墓，凭吊殷贵妃。可惜前废帝继位不久，就派人把墓挖掉了。

　　为了纪念贵妃，孝武帝还办了两件大事。一件是在建康城里建了一座佛寺，因为殷贵妃之子封新安王，所以就叫新安寺。他礼聘当世高僧释道猷、释法瑶驻止新安寺，并请主张顿悟说的释道猷为镇寺法主。全城都知道新安寺不同寻常的背景，一时之间，新安寺僧众云集，成为建康佛寺的后起之秀。另一件是为宣贵妃在建康城里单独立庙。其实，谁都知道这是不合礼制的。按古代宗庙制度，妃妾没有资格入宗庙，即使是生了汉文帝的薄太后和生了汉昭帝的钩弋夫人，也只是在陵园里建寝庙，单独为贵妃立庙，真是史无前例的事。可是，皇帝发话了，有关部门自然不敢违拗，明明没有道理的也要说成合礼：

既然"今贵妃盖天秩之崇班",当然"理应创立新庙"。后来的史家,包括注《资治通鉴》的学者胡三省,大骂孝武帝"溺于女宠,纵情败礼"。"败礼"是明摆着的,自然无可申辩,"纵情"倒是还有些可爱之处。

不知道当时人是不是意识到,从公元462年4月他宠爱的女人去世那一天起,孝武帝刘骏渐渐变了。他变得喜怒无常,即使最了解他的人也觉得,他对江智渊记恨太过分了,后来的发火更是莫名其妙。他变得越来越贪财好酒。一开始,人们看到他每天晚上睡觉前,都先走到殷氏灵床前,把祭奠的酒倒出来喝,嘴里还自言自语,好像在跟殷贵妃说着话,喝完了就大哭一场。入殓的时候,他下令特制一副"通替棺",这种棺材的上盖板可以拉开,像抽屉一样。孝武帝想念伊人心切的时候,就拉开"通替棺"看看,这样过了好几天,殷氏的面容居然完好如生,真是奇迹。下葬之后,孝武帝仍然痛悼不已。对于处理政事,他也变得越来越没有兴趣。他几乎天天酗饮,整夜地喝酒,醉了就凭几昏睡。他生命中的最后两年,有很多时间就是这样浑浑噩噩地度过的。偶尔,当外廷有重要奏事送上来,他也能一下子振作精神,酒容倦态一扫而空,这时,人们才能在他身上重新找到当年那个"机警勇决"的皇帝的模样。可是,事情过去,他又陷入无精打采、精神恍惚之中。暴饮暴食,纵酒沉醉,成了他末年最习惯的自我排遣。

大明六年十月二十五日，是殷贵妃下葬的日子。皇帝特许调用辒辌车、虎贲、班剑、銮辂九旒、黄屋左纛、前后部羽葆、鼓吹，这么高的规格差不多比得上皇帝和皇后。文武百官、妃嫔侍御都来送葬，出殡队伍浩浩荡荡，穿过初冬的寒风逶迤南去。这一天，孝武帝亲自到建康宫南掖门哭灵。当他最后一次走过丧车的时候，悲不自胜，旁边的人见状，也禁不住落下泪来。此情此景，哀感动人。

看来，孝武帝确实是个"纵情"的人。不错，他有很多毛病：荒淫、好色、奢侈、贪财、凶暴……他有28个儿子，还有不知道多少个女儿，在刘宋诸帝中是最多的。他的妃嫔在《宋书》上列名的就有十几个，不列名的恐怕数不清。可是，除了殷贵妃，没有哪一个女人让他那么魂牵梦萦，用情那么深。对专制君主来说，这是少见的奇迹。大明八年闰五月，35岁的孝武帝死了，在殷贵妃死后，他只活了两年。近代诗家易顺鼎曾有诗咏南京："地下女郎多艳鬼，江南天子半才人。"在易顺鼎眼里，殷贵妃到了地下，怕也免不了是个"艳鬼"，而"纵情败礼"、因女宠而废政的孝武帝更是显出了他"才人天子"的本色。"流律有终，深心无歇。徙倚云日，徘徊风月。思玉步于凤墀，想金声于鸾阙。竭方池而飞伤，损圆渊而流咽。""俙众胤而恸兴，抚藐女而悲生。虽哀终其已切，将何慰于尔灵。"这是他哀悼殷贵妃的赋中的句子，显得情真词切。史书上说他"学问博洽，文章华敏，省读书奏，能七行俱下"，《诗品》评他的诗"雕文织采，过为精密，为二藩希慕，见称轻巧矣"，确实不是虚夸。

贵妃死了。发生在五世纪建康城内的这场轰轰烈烈的爱情结束了，刘宋政权的动荡才刚刚开始。

花岩星槎

霜深高殿

　　袿襫来尘寂，筵俎竟虚存。

　　云松方霭露，风草已声原。

——江智渊《宣贵妃挽歌》

　　贵妃死了。

　　在大明六年（462）四月初的建康，这条消息给不同的人带来了不同的心理感受：有人悲痛伤怀；有人弹冠相庆；有人如释重负，仿佛一场噩梦终于结束了；还有人忧心忡忡，不知道未来的日子会是怎样。更多的人马上意识到，这是一个难得的机会，不能轻易放过，他们摩拳擦掌，跃跃欲试。从这一天起，建康城内有很多人开始奔走、忙碌，他们绞尽脑汁，为了自己的利益各显神通。围绕这个女人的身后哀荣，一场政治表演与较量正在建康城中次第展开。

贵妃是在这一年四月初二死的。她给孝武帝生育了五个儿子和一个女儿，老四刘子文最早夭折，老二齐敬王刘之羽两岁上就死了，老三晋陵王刘子云也只活了四岁。剩下二子一女，老大新安王刘子鸾，当时也才八岁，最小的南海王刘子师，才刚刚三岁。望着殷贵妃留下的子女，孝武帝心里悲痛不已。"俛众胤而恸兴，抚藐女而悲生。虽哀终其已切，将何慰于尔灵。"他在赋中所写的这几句，是相当写实的。或许他在这时已经下定决心，要好好照顾殷贵妃留下的几个子女，告慰九泉之下的美人。

爱屋及乌。实际上，在殷贵妃生前，孝武帝对于她的子女已经倍加宠爱，在建康城里这早就不是新闻了。殷贵妃有两个儿子四岁封王，其他妃嫔所生的皇子无人享受过这样的优待。孝武帝共有28个皇子，殷贵妃所生刘子鸾在皇子中排行第八，却最受宠爱。大明四年（460），年仅五岁的刘子鸾被封为襄阳王，食邑二千户，并任东中郎将、吴郡太守，当年又改封为新安王。第二年，又升任北中郎将、南徐州刺史、领南琅琊太守。南徐州是侨置州，从元嘉八年（431）开始，州治设在京口（今江苏镇江），是首都建康的东面门户，其重要性不言而喻。刘子鸾当上南徐州刺史之后，孝武帝还特地把吴郡划归南徐州，使南徐州的地盘进一步扩大。吴郡向来是江南的富庶之区，有了这块地盘上的赋税收入，南徐州的经济实力一下子增强了。这样的好事一桩接一桩，其他皇子看在眼里，羡在心里，就连正宫何皇后所生的东宫太子刘子业和二皇子刘子尚，心里也觉得不是滋味。二皇子刘子尚本来最得孝武帝的喜爱，自从刘子鸾出生以后，他就失宠了，心里自然很不痛快。刘子业自幼好读书，天资颖悟，六岁就被立为太子，可是性格狷急，脾气顽劣，经常被孝武帝责骂。特别是有了刘子鸾以后，太子觉得皇帝简直处处吹毛求疵，事事跟自己过不去。有一次，太子所上奏启的字写得草率了些，就被骂了一顿，赶紧再上启检讨，又招来一顿训斥。他当然知道这一切的总根子在哪里。在太子心中，怨恨的种子已经撒下，一天天在生根发芽。

接下来的日子里，不断有一些不利的消息传到东宫，太子越来越感到坐立不安。甚至有传言说，孝武帝对太子近来屡犯错误极为不满，有意废太子，改立新安王刘子鸾，皇帝身边也颇有一些人附和，只有侍中袁顗还在替太子说话，极力表扬太子好学日新，孝武帝这才暂时打消主意。实际上，孝武帝并没有完全改变想法，只是觉得时机不够成熟而已。新安王刘子鸾毕竟年岁太小，身边急需得力助手，教导他，辅佐他，帮助他在士林赢得好名声。于是，孝武帝把自己所赏识、所看重的人才，先调配到刘子鸾府中，培养羽翼。当世最有名的几个文学人才，几乎全被罗致到新安王府中。这些僚佐大多数是当时世族名家子弟，声誉都很好，包括琅琊王家的王僧虔，陈郡谢家的谢庄、谢超宗，吴郡张家的张永、张岱、张融，吴兴沈家的沈文季、沈法系，吴郡顾家的顾琛等，不一而足。王僧虔先是在豫章王刘子尚府中任抚军长史，接着就转任新安王刘子鸾北中郎长史，两个王子正好先后最得皇上宠爱。最耐人寻味的是孝武帝对张岱说的一席话。他请张岱出任刘子鸾别驾，实际上是代行南徐州刺史的职责。他安慰张岱说，这只是暂时委屈一下，别太在意，你将来总会大展宏图的。弦外之音也让人揣摩不尽。沈文季是宋孝武朝元勋重臣沈庆之的儿子，大明五年，他由太子舍人转任刘子鸾北中郎主簿，与刘子鸾拉上了关系，这个动向格外引人注目。这些人事大多出于皇帝的安排，不需要太多政治头脑，也能看出其中的文章。聪明的太子当然更明白。夜长梦多，这样下去怎生是好，太子心里充满忧惧。正当他惴惴不安的时候，发生了一件大事。

贵妃死了。

对宋孝武帝朝的政治来说，大明六年四月初二本来是一个平常的日子，殷贵妃的死，使它成为一个转折点。刘子鸾的新安王府和太子的东宫，都在设法使这个转折朝着有利于自己的方向发展。新安王府似乎更加活跃，活动比较频繁，原因不难想见。

四月八日，殷贵妃死后六天，相传是释迦牟尼佛的生日。建康城举行盛大仪式，为殷贵妃设斋建醮，超度亡灵，同时为修建新安寺募集资金。新安王府的僚佐们纷纷慷慨解囊，布施钱财，人人都不肯放过这个难得的表现机会，多的捐钱上万，少的也施舍五千。张融家里实在穷，只捐了一百钱。本来，孝武帝颇为赏识张融，特意将他提拔为新安王北中郎将刘子鸾的北中郎将府参军。这件小事发生后，孝武帝以及新安王刘子鸾认定张融太不知趣，将其贬谪到极其荒远的交州封溪当县令。且不说张融赴任途中历尽艰辛，九死一生，更重要的是他在孝武帝去世之前再没有得到重用。张融这么做，除了贫穷，读书人的清高和傲骨也是原因。他为此付出了很高的政治成本。像他这样的人毕竟是少数，大多数人比他知趣得多。

比如丘灵鞠。他就是后来写《与陈伯之书》的丘迟的父亲。这样说也许对丘灵鞠不公平，毕竟他名列《南齐书·文学传》，也是当时的知名文人。大明六年，丘灵鞠还只是一个小官。殷贵妃死后，他立即献上三首挽歌诗，一下子就引起孝武帝的共鸣。"云横广阶暗，霜深高殿寒"，幽暗的景色衬托悲伤的情绪，此时无声胜有声。孝武帝反复吟诵，心底就记下了丘灵鞠这个名字。没过多少日子，丘灵鞠就成了刘子鸾北中郎将府中的一位新参军，说不定就是补张融的缺。

比如江智渊。这时，他已经是新安王刘子鸾北中郎将府的长史，是新安王的一个主要僚佐。不久以前，他刚冒犯了孝武帝，从皇帝左右被逐到新安王身边，与皇帝的关系至今还很紧张。殷贵妃的死，使他找到了与皇帝修复关系的机会。他献上一首《宣贵妃挽歌》，从这首诗现存的五言四句来看，写得似乎不如丘灵鞠，至少，江智渊与孝武帝的关系未见改善。相反，由于提议用"怀"字做殷贵妃的谥号，他再次得罪了孝武帝，孝武帝恼羞成怒。假如江智渊的挽歌是在议谥之后写的，恐怕写得再好也没有用。

比如谢超宗。他是谢灵运的孙子，几年前才从岭南贬所回到京城。他和祖父一样有杰出的文才，也跟祖父一样性格桀骜不驯。大明六年，他正在新安王刘子鸾府中当王国常侍。他为殷贵妃写了一篇诔文，孝武帝看过以后，大加赞赏，夸奖他简直就是谢灵运再世。一篇诔文，换得孝武帝对谢超宗的赏识和信任，也实现了谢灵运家与刘宋王朝的和解。谢超宗马上转任新安王抚军行参军，占据了一个更有利的地势。算下来，这篇诔文的政治含金量不低。

最卖力也最冒险的是谢庄。在被任命为新安王长史之前，谢庄已经有很高的名望。这正是孝武帝的良苦用心所在：谢长史可以提高年幼的新安王的威望。对这一点，谢庄当然不会无动于衷。殷贵妃死后，他精心制作了一篇《宋孝武宣贵妃诔》。诔文中最值得注意的是这样两句："冀训姒惺，赞轨尧门。"前一句用《列女传》中的典故，把殷贵妃比作涂山氏之女。大禹娶涂山氏之女为妃，生下启，涂山氏在家中独自承担起教育启的重任。启后来继禹即位，只是当时并没有皇后和太子的制度，考究起来，这里的用典并不恰当。后一句是用《汉书》的典故，所谓"尧门"就是"尧母之门"。据说尧母怀胎十四个月才生下尧，汉武帝所宠爱的钩弋夫人赵婕妤，也是怀胎十四个月才生下汉昭帝，所以，汉武帝把赵婕妤所住的地方称为"尧母之门"。"赞轪尧门"，显然是把殷贵妃比作赵婕妤。这两个女人都不是正宫夫人，却同样擅宠一时，身份地位相近，从这个角度看，用典相当贴切。钩弋夫人的儿子不是汉武帝嫡长子，后来却成了汉武帝的继承人汉昭帝，那么，殷贵妃的儿子是不是也要成为宋孝武帝的继承人呢？这个问题很敏感，诔文不便明说，只能含蓄地试探，指桑说槐地影射。诔文的微言大义，我想，老于文章的孝武帝不会读不出来，"颇识古事"的东宫太子也不会读不懂。

最妙的是，谢庄可能利用了宋孝武帝的汉武帝情结。能文多情而又雄才大略的汉武帝，一直是宋孝武帝崇敬的对象。殷贵妃死后，孝武帝两次扮演了汉武帝。一次是他召请巫师作法（催眠？），隔着一层帷帐，他又见到了死去的殷贵妃。她娇美的面容一如生时，孝武帝激动得说不出话来。他想上前握住贵妃的手，转瞬之间，她却消失得无影无踪。孝武帝怅恨不已，禁不住哽咽起来。这是典型的汉武帝与李夫人故事的翻版，比另一个翻版即临邛道士为唐明皇招杨贵妃的魂魄早多了。另一次是他模拟汉武帝《李夫人赋》，作了一篇伤悼殷贵妃的赋，句式和口气都仿效汉武帝。贵妃的死，使孝武帝在自觉或不自觉中，强化了对汉武帝的认同。这时，如果有人利用他对殷贵妃的宠爱，劝说他学习汉武帝，废太子，立殷贵妃之子刘子鸾，不是很自然的吗？

事情很清楚：以殷贵妃为题材的创作并不只是文学表演，并不只是投孝武帝之所好和吸引他的眼球。当然，不同作品的政治敏感度不尽相同，有的虚无缥缈，若隐若现，有的则相当触目，而且图未穷而匕已现，比如谢庄这篇诔文。此举究竟是新安王授意，还是他有心主动迎合上意？或者兼而有之？要知道，孝武帝是文学的行家，在他面前，任何文辞背后的"微言大义"都不会"明珠暗投"。丘灵鞠的佳句，谢超宗的诔文，孝武帝固然心中有数；谢庄的言外之意也逃不过他的眼睛。问题是孝武帝没有惩罚，反而称赏谢庄的文章，这就意味深长，不能不让人浮想联翩了。

大明七年正月，有关部门仰承上意，提议为殷贵妃立庙，以便四时祭祀。这原本是件不合礼制的事，在朝廷讨论的时候却顺利通过了。关键在于徐爰和虞龢，这两位据说都是礼仪专家。徐爰时任尚书左丞，他一向善于察言观色，见风使舵，很受孝武帝器重。虞龢时任太学博士。他们搬出《春秋》经传为据，巧妙论证立庙之事合情合礼。春秋时代，鲁惠公的继配夫人仲子死后，鲁国为她建立宫庙。如今殷贵妃名列三夫人之首，位比三公，当然也有资格立庙。这一番论证，完全不管鲁惠公元配夫人早死而且没有生了，也不管仲子是继配夫人而且其子早就立为太子，只管抬高殷贵妃，谄媚孝武帝，取悦新安王。"仰体圣意"的微妙就在这里。君不见，在孝武帝大力扶持下，不到十岁的皇子新安王已经今非昔比了。按《宋书·孝武十四王传》的记载，殷贵妃下葬后，新安王刘子鸾立即"以本官兼司徒，进号抚军、司徒，给鼓吹一部，礼仪并依正公。又加都督南徐州诸军事。（大明）八年，加中书令，领司徒"。他的地位扶摇直上，差不多是一人之下，万人之上。如果大明八年闰五月孝武帝没有暴卒，后来的历史可能完全不一样。

为了给殷贵妃修庙，老臣张永也不得不出马。这个宋文帝时代建康城市建设的总规划设计师，曾经多次兼任将作大匠。大明七年，已经当上太子右卫率的张永再次兼任将作大匠，负责宣贵妃庙的兴建。这是一项重大的政治工程，丝毫马虎不得。在如期顺利地完成了这一工程之后，张永转为右卫将军。这也算论功行赏吧。

殷贵妃下葬后，孝武帝常带领群臣到墓地上凭吊。有一次，他对身边的秦郡太守刘德愿说，假如你能痛哭殷贵妃，我将重重有赏。这刘德愿当即号啕大哭，涕泗横流，好像真的很悲痛。孝武帝很满意，马上提升刘德愿为豫州刺史。孝武帝又令身边的御医羊志哭殷贵妃，羊志先是呜咽，接着就扑簌簌掉下泪来。几天后，有人问羊志，你怎么能这么快就潸然泪下？羊志说，那几天我的爱妾刚刚去世，我哪里是哭殷贵妃，我只是哭爱妾而已。看来，殷贵妃死后，孝武帝是有些变态了。既然是奉命而哭，当然不是真情真意，而只是政治任务。这两人不敢不哭，也不能不哭，他们的任务完成得很好，运气好的话，还可以期待更丰厚的回报。

然而，殷贵妃死了。不出两年，郁郁寡欢的孝武帝也死了，而且死得相当突然，新安王显然没有做好应对事变的准备。现在，太子刘子业顺利登上了皇位，悬念迅即消失，出人意料。刘子业心中长期压抑的怒火逐步释放出来。第一步当然是报复殷贵妃。刘子业派人掘开殷贵妃的墓，发泄自己积压多年的怨愤。他本来也派人掘孝武帝的景宁陵，大臣们苦苦相劝，他只好到墓上泼了一通大粪出气。他拆毁了崭新的新安寺，赶走寺僧，还扬言要杀附近的僧尼，大概是怪他们当年趋炎附势吧。第二步是收拾新安王刘子鸾，那简直是他的眼中钉肉中刺。刘子鸾担任的中书令、领司徒等要职首先被解除，接着被赐死，他的同母弟妹第二十二皇子南海王刘子师和第二皇女也同时被赐死，殷贵妃仅存于世的三个子女全部被杀。第三步是清算新安王派系的人。首当其冲的是谢庄，他有把柄捏在刘子业手里。说什么"赞轨尧门"，只顾诌媚孝武帝和新安王，简直不把东宫太子放在眼里，太过分了！刘子业本来要杀谢庄，周围的人反复劝说求情，才算稍微平息了他的怒火。谢庄被关起来，受了几个月的牢狱之苦，要不是刘子业倒行逆施，垮台得早，谢庄的生死还难说呢。

这是长期受压之后的反弹，这是变态的反击。假设没有殷贵妃，孝武帝可能不会那样压制太子；假设殷贵妃不死，孝武帝可能会多活若干年，刘子业的太子地位可能不保，而刘子鸾可能成为新君，刘宋的明天便会大不相同。但是，贵妃死了。

殷贵妃的长相，只有《南史·殷淑仪传》中的四个字："丽色巧笑。"算是正史描述，可惜太笼统。蔡东藩在《南北史演义》中倒是着力做了一通描画，颇为生动，只可惜是小说家笔墨，又多套话，还是说不清。当年她入宫之后，摇身一变成了殷贵妃，亲近的人敢有泄露内情者，格杀勿论。"美人如花隔云端"，她的形象越发迷离恍惚，她的故事也越发含混模糊，总是看不真切。她的死，整整比唐玄宗早300年，比杨贵妃早294年。这个中古时代的江南佳丽，这个金陵帝王的贵妃，她的一生可能没有杨贵妃曲折，可是并不缺少戏剧性；她对时局的影响可能不如杨贵妃那么惊天动地，可是一样不同凡响。"肃宗回马杨妃死，云雨虽亡日月新。"中兴的唐朝不介意失败的历史，杨贵妃的故事被人一遍遍提起，伴随着对天宝盛世的回味。从古代诗歌、小说、戏曲到当今的小说影视，杨贵妃复活了一次又一次。而包装殷贵妃故事的，只是一个偏安的王朝，一段没落的历史，一段主题不明确的乱哄哄的记忆。"六朝旧事随流水，但寒烟衰草凝绿。"她很早就被人遗忘了。一千多年过去了，有多少人还记得这个在建康宫里曾经专宠一时的女人呢？

　　杨贵妃没有死，殷贵妃却真的死了。

岩壑栖霞

南京的寺庙中，栖霞寺是比较晚出的，它到南齐才出现，不过后来居上，影响越来越大，今天香火依然很旺盛。每年秋天，霜露既降，木叶染丹，一批批游人蜂拥而至，拜过佛，看过石窟雕像，便上山观赏红枫，人多的时候，满山都是看红叶的，笑语喧哗，简直无法想象当年这处隐逸之地的清寂。

栖霞山最初叫作摄山，山上也并没有寺。山上有寺，并成了一座名寺，要从明征君谈起。明征君的大名叫明僧绍，是南朝宋、齐之间的一位高士，约在五世纪后半叶。明家是齐郡士族，在刘宋末年才由北方渡江南下，属于南渡比较晚的侨姓士族。如今，栖霞寺门右侧还竖立着一块《明征君碑》，这是唐高宗上元三年（676）的古董，距今一千三百多年。碑亭四周用玻璃围护，常年铁锁封闭，即使好古之士，也不能近前扪碑而读，可远观而不可近玩焉。碑文出自唐高宗李治之手，俪辞丽句，

栖霞胜概

属于当时最流行的骈文。书写者是当时著名书家高正臣，此碑书体近于怀仁集《圣教序》，也是当时流行的书体。撰文和书碑者规格如此之高，对于当时的栖霞寺，对于当时已成古人一百多年的明僧绍，无疑都是一种恩遇。这荣宠的降临，是因为明僧绍的第六代孙明崇俨。崇俨精通神道方伎之术，善于装神弄鬼，驱役魂灵，很受高宗宠信，仪凤二年（677），"特令入阁供奉"。高宗答应他的请求，为明僧绍写了这篇碑文。碑文洋洋洒洒，一般人都没有耐心通篇细读，所以，从《旧唐书》的《明崇俨传》开始，就把碑中的明征君误认作明僧绍之子明山宾。甚至后来的金石学著作，从宋代赵明诚《金石录》到清代朱彝尊《曝书亭金石文字跋尾》，也都以讹传讹，信以为真。明山宾历仕齐、梁两朝，位望通显，是昭明太子眼前的红人，根本不是什么"征君"。

明僧绍是齐郡平原（今属山东省）人。明氏的始祖，相传是春秋时代秦国大夫百里奚之子孟明，后代以名为姓，明僧绍就是他们的后裔。僧绍出身于官宦之家，祖先仕晋、宋二朝。大概是个性的关系，明僧绍从小就对佛教表现出浓厚的兴趣和早熟的悟性，至于功名富贵，却无心追逐，一生禀志不移。宋、齐两个朝代至少六次征召明僧绍出山，委以散骑侍郎、国子博士等要职，他都以各种理由或借口婉言辞谢了。这样，他的声名越来越大，成了当时最有名的隐者高士，无人不知、无人不晓的征君。

南朝很多隐士对山水泉石情有独钟，枕石漱流，是他们高自标置的风流做派。明僧绍也不例外。他选择的隐居修炼之地，都是有泉石佳胜的山水胜地。最初，他栖身山东青岛的崂山，接下来遁迹江苏连云港的掩榆山，最后才隐居摄山。这几处都是风景秀丽的所在，共同的特点是水石并胜。明僧绍优游其间，"托岫疏阶，凭林结栋"，"情亲鱼鸟，志狎烟霞"。他所到之处，以学行德业相号召，从者云集。关于他的人格魅力、感召力，碑文中记了几段轶事，都颇有传奇性。例如据说他在崂山隐遁的时候，聚徒讲学，"横经者四集，请益者千余"，居然感动了周边的盗贼，纷纷"望境归仁，共结盟誓之言，不犯征君之界"。刘宋泰始二年（466），青冀两州被北魏大军攻占，僧绍被迫南迁。当时，他的弟弟明庆符是青州刺史，这个青州实际上是东晋南朝所设的侨郡，治所在今连云港市东云台山一带。由于缺少粮食，僧绍只好跟随庆符来到连云港，在掩榆山上修筑了一座栖云精舍住下来，"欣玩水石，竟不一入州城"，刻意与现实政治保持一定距离。这时正当刘宋末年，处于齐高帝萧道成篡位的前夜。为了笼络明氏家族，萧道成两次征召僧绍出山。崔祖思去接替明庆符青州刺史职务的时候，萧道成专门写信给崔祖思，让他暗示明庆符，要庆符离任时顺便带僧绍一同晋京，他会好好重用他们。

在北方士族中，明氏家族虽然南渡较晚，却很快在南朝的政治中占有一席之地，从刘宋到萧齐间，当到刺史的就有六人，显然是值得重视的一股政治势力。当此新朝肇建之时，齐高帝迫切需要明僧绍这样既有士族背景又有山林声望的高士，来装点廊庙，粉饰太平。秋风乍起，天气渐凉，他想趁这时候安排一场讲经，专门请明僧绍来。这一类飘扬着学术文化的彩旗的政治论坛上，如果能出现山林高逸的身影，当然能引起大众的艳羡和欢呼。齐高帝以竹根如意、笋箨冠等相赠，情意殷勤，也显示自己礼贤下士的风度，不料还是被拒绝了。既然如此，也就不必勉强了，他只好很宽容地笑笑，表示自己能够理解。这就更抬高了明僧绍的身价，也扩大了他的名声。

齐高帝建元二年（480），明僧绍终于随其弟来到了南朝首都建康，皇帝不免有点喜出望外。可惜明僧绍到京城只是路过，旋即闪开，避居首都东北方向的摄山。这座山的形状像一把缴（伞），所以，当地人把它叫作缴山。山上又盛产药草，利于摄生，所以又得名摄山，隐遁之士在此摄养延年再好不过。东晋以前，摄山还没怎么开发。三国时，这里曾经有过一个"镇戍之坞"，东吴将军顾悌在此驻守。东晋以来，北方流民南渡的越来越多，在这里原有的江乘县境内，设了一个侨县安顿流民，叫琅琊郡临沂县。东晋末年，长于卜策、号称能预言吉凶的术士扈谦，曾在这里立宅，使这里成为道教发展的一个据点。

可惜的是，一场疫疠把这个据点彻底毁灭，也把道教的势力从这座山逼退了。明僧绍到来的时候，摄山还荒凉得很，他动手披荆斩棘，剪除杂草，疏浚水沟，修建了一所精舍，重新开始讲学，很快就在首善之区引起了强烈的反响。南朝之时，摄山林密山深，时常有猛虎出没，明僧绍来了之后，摄山附近人烟渐渐多了起来，猛虎也就随之远遁。在碑文的叙述中，这被渲染成明征君"心不忤物，总万类以敷仁"的奇迹，当然也可以宣扬为佛教的胜利。

有一天，明僧绍专程前往钟山定林寺，拜候寺里的高僧释僧远，这属于正常的山林往来。没想到萧道成恰巧也到寺里，明僧绍仍然避而不见，双方不免尴尬。这以后，明僧绍入城的次数越来越少了。按照栖云精舍的思路，僧绍把自己在摄山的住处叫作栖霞精舍，这个名字很有诗意的精舍，从名和实两方面奠定了栖霞寺的基础。一位叫作僧辩的法师闻风景仰，也来到山里，与僧绍比邻而居，两个人渐渐成了莫逆之交。本来，明僧绍与佛教结缘就深，他有奉佛的家世背景，他的名字叫"僧绍"，早就与很多佛教徒有交往。表面上，他也自称"玄儒兼阐，道俗同归"，有意调和儒、道、释三教，做出三教兼综的姿态，这是很多南朝士人共同的思想倾向。他比较了佛教与道教，认为老庄"蔽"而佛理"通"，所以，他的思想实际上还是以佛教为主导。

虎洞幽寻

不幸的是，僧辩法师不久就坐化于草创不久的寺庙里。他生前曾经发愿，要在栖霞岩上塑一尊佛像，但未能实现。明僧绍怀想故人，感而成梦，梦见一尊庄严的佛像坐在高高的山岩之上。他漫步于林亭山峦之间，仿佛听见"浮磬吟空，写圆音于帷树"，仿佛闻到"飞香散迥，腾宝气于炉峰"，还仿佛在岩际看见佛像的"真颜"栩栩如生。这种种"嘉征"，使明僧绍越来越相信，这是佛意，也是天意，他要承担起故人未竟的事业，开凿佛像。这时候，在中国北方，云冈石窟已经粗具规模，洛阳龙门石窟还没有开凿。僧辩、僧绍凿立佛像，显然受了北方的影响，栖霞山巨岩累累，也提供了客观条件。

永明二年（484），刚刚开始筹划"于岩壁造大尊仪"的明僧绍也离开了人世。其子明仲璋孺慕思深，尊重乃父的遗愿，将他的故居舍为佛寺，于是寺的规模得到初次扩展。当时的王公贵族，包括齐文惠太子、竟陵王萧子良等人，闻风而动，"咸舍净财，光隆慧业"，竞相在岩际开凿佛像。有一个沙门法度，"即此旧基，更兴新制，又造尊像十有余龛"。栖霞寺后来享誉一方的千佛岩开始引人注目。到了梁代，梁武帝率先佞佛，建康附近佛风尤炽，鸡鸣寺距宫门只有咫尺之遥，近水楼台先得月，受惠最多。栖霞寺也是佛寺中的热点。临川王萧宏任扬州刺史时，"以天监一十五载，造无量寿像一区，带地连光，合高五丈"，成为寺中最宏伟的一尊雕塑，至今犹存。梁朝以后，又陆续有新的雕造，前代雕造的洞窟内又有后人的题刻，千佛岩遂成为江南地区最集中也最密集、最重要的一个佛教雕塑群。

在陈代，栖霞寺已经具有相当的规模了。祯明元年（587）、二年（588），陈后主和他的尚书仆射江总、国子祭酒徐孝克等人，两次入山见慧布法师，并夜宿栖霞寺山房，留下了关于栖霞山的最早的一些吟咏。江总还写下了有名的《摄山栖霞寺碑》。后来的骚人墨客来到这里，或者寻幽探胜，或者谈玄论空，题咏留刻。这些都扩展了此山此寺的知名度，也增添了此山此寺在历史上的文化分量。

唐初，栖霞寺经过大规模扩建，逐渐成为当时江南最大的佛寺和"天下四大丛林"之一。《明征君碑》的树立，无形中又为它增加了分量。南唐统治者也大兴佛教，在已被毁坏的隋代舍利木塔的基础上重建了一个雕刻精美的石塔。这座舍利石塔旁边的岩壁上，南唐著名学者和书法家徐铉、徐锴的题刻至今还依稀可见。栖霞山中峰修筑有乾隆行宫，乾隆皇帝下江南，先后五次驻跸于此。他十分赞赏此山的景色，誉之为"金陵第一明秀山"。从南唐到清朝，栖霞寺一直与政治中心保持不近不远的距离。

也许可以做一个比较。鸡鸣寺，梁代叫同泰寺，是梁武帝改元大同的时候修建的。梁武帝几乎没有一年不到同泰寺，还多次舍身施财，祈佛赐福。本来，同泰寺是靠政治权威树立起来的，梁武帝的垂顾，固然有一时的轰动效应，但本身毕竟缺少高僧和灵异奇迹。它离政治中心太近，几乎每一次战乱兵燹，都不免遭到破坏，过很长时间才能恢复元气。明代一些笔记说，明太祖朱元璋游鸡鸣寺，看到梵刹高瞰大内，视为心腹之患，想拆毁寺庙。幸亏铁冠道人未卜先知，事先通风报信，寺僧及时投诉辩白，才阻止了朱元璋的企图。而僻处远郊、偏离政治中心的栖霞寺，在每一次改朝换代之后，都刻录了更多的文化信息，终于超越鸡鸣寺，更超越其他许多早已灰飞烟灭的南朝寺院，成为南京地区最重要的佛教文化据点。这样看来，除了明僧绍，擅长神道鬼术的明崇俨，也应该在栖霞寺乃至在南京的历史上提上一笔。

人们都说："天下名山僧占多。"这句话的潜台词是什么呢？对这些僧人，人们的态度究竟怎样，是充满羡慕，还是带些责备？从文化地理的角度来看，天下名山确有不少是名僧缔造的，"山不在高，有僧则名。"我们应该感谢他们。栖霞山也应该感谢他们。

鸡笼云树

有女莫愁

河中之水向东流，洛阳女儿名莫愁。

莫愁十三能织绮，十四采桑南陌头。

十五嫁为卢家妇，十六生儿字阿侯。

卢家兰室桂为梁，中有郁金苏合香。

头上金钗十二行，足下丝履五文章。

珊瑚挂镜烂生光，平头奴子擎履箱。

人生富贵何所望，恨不早嫁东家王。

——《河中之水歌》

这个女子的名字有几分奇怪，却十分响亮。假如在今天，她大概要成为媒体的宠儿。可惜那个时代没有报纸，没有广播电视，更没有电子网络，只有商旅往来，仕宦游历，茶余饭后，道听途说，或者写成诗歌，传诵四方。遥想一千多年前，这个小

旧时燕：文学之都的传奇

女子驾着一艘艇子，很偶然地停泊在古都斑驳的水岸边，那时候，也许谁都没有想到，这个女子从此就离不开这座城市，这座城市从此也离不开她了。

那时候，在长江中游的荆、郢、樊、邓，也就是现在两湖、江西的长江流域地区，流行着很多民间歌曲和舞曲。《古今乐录》中提到的这类歌曲舞曲，就有34种名目，其中比较著名的有《石城乐》《乌夜啼》《莫愁乐》《估客乐》等。其中，《石城乐》和《莫愁乐》都是舞曲，有人说这曲子是来自蛮乐的。这舞蹈跳起来究竟什么样子，现在已说不清楚，只知道最初是十六人跳，到梁朝时减少到八个人。莫愁就是随着这支舞蹈的节拍，向我们走来的：

> 莫愁在何处，莫愁石城西。
> 艇子打两桨，催送莫愁来。
> 闻欢下扬州，相送楚山头。
> 探手抱腰看，江水断不流。

这首舞曲出自石城。石城在今湖北钟祥市郢中镇。西晋太傅羊祜镇守荆州时，在此筑城，晋惠帝元康九年（299）设立竟陵郡，治所就在这里，在两晋、南朝的历史上，这地方颇有一些知名度。当地民风喜爱音乐，人人能歌善舞。五世纪某年的一天，本郡太守臧质在城楼上眺望，看见远处一群美少年正在"歌谣通畅"，年轻人的青春活力，歌曲的动人旋律，感染了这位太守，他情不自禁，创作了一支《石城乐》的曲子，后来，有人给它填上歌词：

> 生长石城下，开门对城楼。城中美年少，出入见依投。
> 阳春百花生，摘插环髻前。捥指蹋忘愁，相与及盛年。
> 布帆百余幅，环环在江津。执手双泪落，何时见欢还。
> 大艑载三千，渐水丈五余。水高不得渡，与欢合生居。
> 闻欢远行去，相送方山亭。风吹黄檗藩，恶闻苦离声。

　　歌中洋溢着热烈、缠绵的情绪，这与《莫愁乐》是一致的。和石城的其他青年男女一样，莫愁也能歌善舞。《旧唐书·音乐志》上说，石城乐的和声中有一种忘愁声，由于当时的歌词大多亡佚，具体情形已说不清了。《石城乐》中的"捥指蹋忘愁，相与及盛年"，也许就是所谓"忘愁声"。在歌舞中追逐欢乐，驱除哀愁，在和声中也加上"忘愁声"。"莫愁"就是"忘愁"，一开始，这可能不是个人名，而是歌中的和声，或者是某个擅长这种歌唱的女子，久而久之，泛称成了专名，乐名也就转为人名。

　　莫愁是石城人，这是指湖北的石城，而不是南京的石头

旧时燕：文学之都的传奇

城。这本来是一个再确定不过的事实，可是，随着莫愁女故事的流传，说法越来越多，莫愁的籍贯也有了湖北、洛阳、金陵等说法。今天，除了专门研究历史的学者，除了湖北钟祥当地人，一般人大概只知道南京有一座莫愁湖，很少有人知道钟祥市还有一个莫愁村。

《莫愁乐》属于南朝前期的民间乐府，实质上，它是产生于城市之中的，不仅城市平民喜欢，贵族文人也好传唱拟作。它的曲调，它的歌词，它的故事人物，都给文人带来了创作的灵感。作为古辞的《河中之水歌》实际上应该是文人的创作，有人说出自梁武帝萧衍之手，也很有可能。真是这样，借助梁武帝的"话语霸权"，这首乐歌一定会传唱得更远，更引人注目。

这首诗歌七言十四句，中间换了一次韵，第三句"莫愁十三能织绮"、第五句"十五嫁为卢家妇"都没入韵，不像早期七言诗往往句句押韵，而且一韵到底。它不可能早于鲍照。其中一些句子已很讲究平仄谐调，第一句"河中之水向东流"、第四句"十四采桑南陌头"、第六句"十六生儿字阿侯"、第七到第九句"卢家兰室桂为梁，中有郁金苏合香。头上金钗十二行"、第十一句"珊瑚挂镜烂生光"，基本上平仄相间。这种声韵意识与水平，只有到南朝后期也就是梁、陈时代才有可能出现。在这个时期之前，《莫愁乐》已经随着往来长江中下游的商人或官员传入建康，在传播过程中，故事情节已经发生了很大变化，只有核心人物依旧，但也今非昔比。

与《莫愁乐》相比，《河中之水歌》中的莫愁阔多了：她的家，从偏远的石城搬到了通都大邑，搬到了前朝旧都的洛阳；她的活动处所，从围着水边转到踏上陆地；她的身份也早已不是当年的多情歌女，而是一个能干的姑娘，是大户人家的尊贵主妇。她的形象显然受了汉乐府中的罗敷的影响。罗敷"采桑城南隅"，莫愁则"采桑南陌头"；罗敷夸丈夫，说什么"十五府小吏，二十朝大夫，三十侍中郎，四十专城居"，莫愁夸自己，也是按岁数逐年铺陈。当然，从另一方面说，这也是由民间乐歌的共同性所决定的。《陌上桑》中并没有明确说明罗敷所居何处，后世文人再创作时，往往将背景落实。这是一个从模糊到明晰的过程，也往往是从小地方向大地方过渡、从边缘乡镇向中心城市转移的过程。也许因为罗敷是秦女，《陌上桑》又是汉乐府，吴均、李白等人都选择长安、渭桥等作为故事的背景，例如李白《陌上桑》："美女渭桥东，春还事蚕作。"长安是汉唐二朝的首都，是当时政治文化的中心。回头来看，《河中之水歌》的故事背景设在洛阳，正可说是异曲同工。

洛阳是东汉的首都，也是西晋的首都。对东晋南朝人来说，它作为政治文化中心，属于过去时，不是现在时。不过，在东晋南朝人的记忆中，这个都城的图像最为清晰，因为在历史年代上与他们最靠近。历史文化的传承环环相连，很难打破，后代往往不由自主地受到前代的笼罩，六朝人的很多文学形象，始终徘徊在汉代人的想象中，生活在过去的影子里。这样，我们就能理解，尽管洛阳早已不在齐、梁疆域内，为什么南朝人还喜欢写洛阳。尤其是从孝文帝太和十七年（493）开始，洛阳成为北魏的都城，梁简文帝、梁元帝、陈后主、沈约、徐陵、张正见、陈暄、江总等人，又何必在诗文中津津乐道，不厌其烦地渲染这个城市的繁华富庶、街衢宽广、佳丽迷人，毫不吝惜地赞扬这个城市的华丽、文明和开化！《乐府诗集》卷二十三有一批这类作品，题为《洛阳道》的就有好多。说重一些，这不就是替政治对手做宣传吗？在南北朝对峙的年代，文化正统之争极为尖锐激烈，丝毫不容让步，南朝君臣再昏庸，也不至于要这样自贻伊戚。

要记住，诗文里的洛阳并不是现实的洛阳，而是传统的洛阳；诗里的洛阳街衢，不是现实的景象，而是文人的虚想；他们在想象中咀嚼、回味，营造一份艺术的魅惑，得到一些怀旧的满足。不过，要说这些描写没有一点实在的影子，这些想象没有一些现实的依据，又大谬不然了。这些诗作的现实原型，其实就是他们所居住的城市，就是他们所熟悉的建康城。在这里，建康隐藏于语言帷幕之后，在前台出现的是一个被置换的角色。诗歌中的洛阳是文学的隐喻，它其实是建康的化身。最不言而喻的例子，是何逊与范云联句中范云写的那四句："洛阳城东西，长作经年别。昔去雪如花，今来花似雪。"范云家在建康城东，何逊住在城西，分别经年，旧友重逢。称洛阳而不称建康，只是诗人追求古雅的惯伎而已，与此同时，审美有了间离，字里行间也有怀旧的氛围了。

《洛阳道》是这样，《河中之水歌》也是这样。既然这座城市早已不在梁武帝治下，《河中之水歌》的洛阳，就有可能只是纯粹的想象；既然《莫愁乐》早已传入建康，《河中之水歌》中的洛阳，就可能藏有建康城的影子，或者，它根本上就是建康的隐喻。建康古来有石头城，与石城只有一字之别，也可以干脆简称为石城。在自然空间里，从石城到石头城，长江之水可以顺流东下，一脉相连；在想象空间里，更只有一步之遥。清代有一位南京诗人姚锡华写过一篇《莫愁湖》，他风趣地说："石城渺渺水东流，吴楚争传两莫愁。莫是乘潮打双桨，随欢当日下扬州。"既然莫愁已经顺江东下，那么，以洛阳隐喻建康石城，也就顺理成章了。

岁去年来，这一隐喻凝固为南朝的文学传统，凭着惯性力向前发展。陈朝的疆域进一步萎缩，洛阳离陈的疆界越来越远，诗人们对此熟视无睹，置若罔闻，照旧大写《洛阳道》之类的诗。最有意思的是陈朝岑之敬《洛阳道》中写到的莫愁：

> 喧喧洛水滨，郁郁小平津。
> 路傍桃李节，陌上采桑春。
> 聚车看卫玠，连手望安仁。
> 复有能留客，莫愁娇态新。

潘安仁（潘岳）、卫玠都是西晋名人，诗歌的时间在西晋，地点在洛阳，故事的现实背景却是在陈朝的建康。这时，莫愁已经成为属于南朝、也属于建康的一个文学形象。所以，在陈朝周弘正《看新婚诗》中，莫愁作为一个象征出现，象征美丽的新嫁娘，象征幸福的少妇：

> 莫愁年十五，来聘子都家。
> 婿颜美如玉，妇色胜桃花。
> 带啼疑夜雨，含笑似朝霞。
> 暂却轻纨扇，倾城判不赊。

从歌曲中清纯的歌女，到文人诗中涂饰的新娘，东下入都的莫愁女渐渐变了。建康作为当时政治文化中心，同时也是话语中心，它所拥有的强大话语力量，将莫愁女从竟陵郡吸附到首都，并按自己的趣味加以改造：莫愁女逐渐沾上了南朝的金粉气，逐渐地贵族化、南朝化。她融入南朝的文学氛围中，更具有魅惑，更容易被当时以及后代的文学传统接受。民国张通之《金陵四十八景题咏·莫愁胜览》说得好："只因金粉南朝重，遂使卢家少妇传。"

　　　　　　　　　　　　　旧时燕：文学之都的传奇

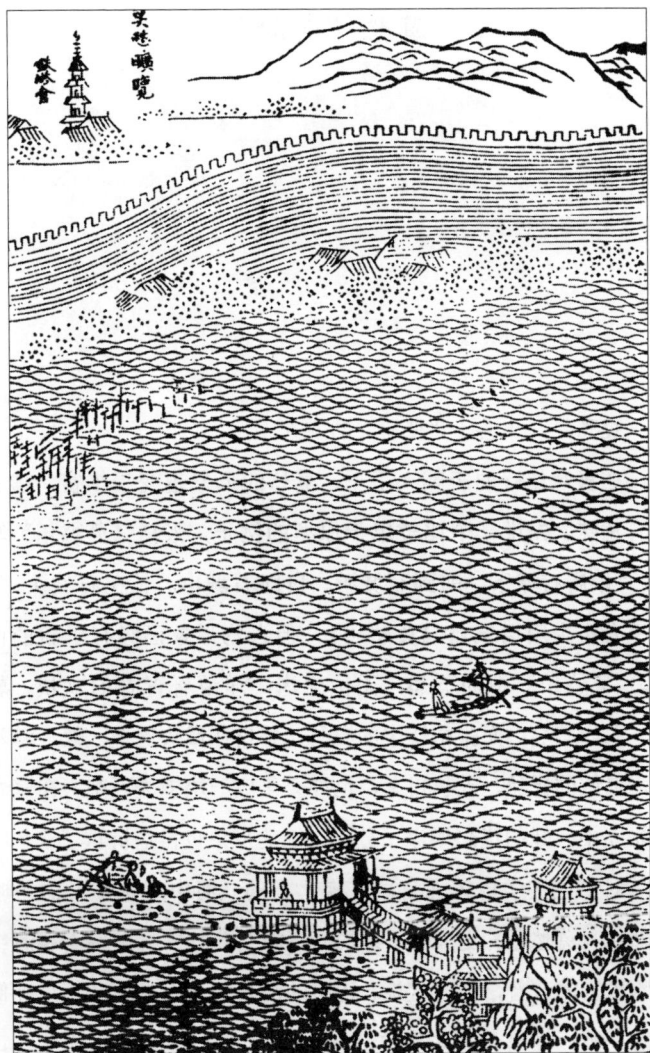

莫愁旷览

莫愁"变脸"

莫愁是一个善于"变脸"的女人。

在喜欢作诗的唐朝人手里，莫愁的形象越变越丰富，越变越有意味。先说一个比较忠于原型的例子。张祜《莫愁乐》写道："侬居石城下，郎到石城游。自郎石城出，长在石城头。"这里有不少用语来自《莫愁乐》，但人物形象已经有了新的内涵。《莫愁乐》中的莫愁，无忧无虑，洋溢着青春的欢快、轻盈，人如其名；而张祜诗中的莫愁，整日在城头遥望，像一尊塑像，忠诚的忧愁，天长日久，也许会化成一块望夫石吧。在亘古的屹立中，她的忧愁增添了分量，她的形象也日益沉重了。

对后代文学传统而言，贵族化了的《河中之水歌》的影响显然比《莫愁乐》更大。王维的《洛阳女儿行》就回荡着《河中之水歌》的余音，袅袅盘旋。诗中的洛阳女子不是莫愁，却胜似莫愁。她一样出身富贵豪华之家，正当十五六岁的花样年华，

旧时燕：文学之都的传奇

她住的是画阁朱楼，用的是宝扇罗帏九华帐，乘坐的是七香车，吃的是金盘脍鲤鱼，往来的是赵李豪族之家，多少恬适任她享受，多少繁华钟于一身。唐代的洛阳是强大帝国的东都，早就看惯了轻车肥马、宝奁香帐。王维的诗笔也许有意要把莫愁的荣华从江南借走，归还给中原的这座城市吧。

李贺的《莫愁曲》，更完全是在《河中之水歌》的基础上发展起来的：

> 草生陇坂下，鸦噪城堞头。
>
> 何人此城里，城角栽石榴。
>
> 青丝系五马，黄金络双牛。
>
> 白鱼驾莲船，夜作十里游。
>
> 归来无人识，暗上沉香楼。
>
> 罗床倚瑶瑟，残月倾帘钩。
>
> 今日槿花落，明朝梧树秋。
>
> 若负平生意，何名为莫愁。

不只莫愁的生活环境和生活方式是贵族化的，她的一颦一笑，都透着贵族的气度。锦衣玉食驱赶不了心中的惆怅，这个莫愁郁郁寡欢，知音难觅，辜负大好青春，到了篇终，竟不免有些黯然神伤了。这是忧郁的莫愁，也是忧郁的李贺，难道我们听不出其中的"雄"音吗？

这个莫愁是什么身份，诗中留下一片空白，但我们可以驰骋想象：她是云英未嫁的少女吗？她是楼头远望的思妇吗？她是又一个秋胡的妻子吗？在李贺之前一百多年，在初唐时代，有个叫沈佺期的诗人曾将莫愁想象成闺中思妇，或者说，把闺中思妇想象成莫愁。这是他那一篇有名的《独不见》：

> 卢家少妇郁金堂，海燕双栖玳瑁梁。
>
> 九月寒砧催木叶，十年征戍忆辽阳。
>
> 白狼河北音书断，丹凤城南秋夜长。
>
> 谁谓含愁独不见，更教明月照流黄。

这个卢家少妇当然就是莫愁。从魏晋到南北朝，卢家一直是北方的大家族，它没有随司马氏南迁，所以，在《河中之水歌》中，"卢家"的隐喻明显带有怀古的意蕴。在唐朝，崔、卢、李、郑是一等大族，"卢家少妇"这个隐喻又有相当明显的现实意味。描写莫愁的生活环境，沈佺期既有沿袭，也有创造。借用"郁金"的字面，他创造出了"郁金堂"：他用玳瑁梁装饰郁金堂，他让海燕双双栖息在郁金堂上。这个故事的时空背景也不明确，事先没有读过《河中之水歌》的人，也许会受"丹凤城南秋夜长"一句的误导，以为这是一个长安的少妇。当故事的原初色彩开始褪化，当具体的时空背景开始虚化，文学形象的经典性也开始浮出水面，莫愁开始步入文学人物经典的行列。

在唐朝边塞诗潮流的裹挟中，莫愁被同化了，《独不见》是初唐的例子，徐凝《莫愁曲》则是中唐的例子。徐凝一定是个很喜欢六朝情味的诗人，他的诗作不多，谢家咏雪、白门柳、桓大司马种柳、金谷园之类的六朝典实，却时常能碰到。《忆扬州》是他最有名的一篇作品："萧娘脸下难胜泪，桃叶眉头易得愁。天下三分明月夜，二分无赖是扬州。"这首七绝的后半，是关于扬州风光的最有名的句子。可惜，这是江北的广陵城，而不是江南的建康城。话说回来，把诗的气氛装点、烘托、渲染得美丽而哀愁的，却是萧娘、桃叶这两个女子，这是两个跟南朝、跟金陵相关的美丽而多情的女子。《莫愁曲》中的莫愁同样美丽如花，多情似水。她是一个典型的闺中少妇，她在思念征夫，这个构思应该有沈佺期的影响。只是，她比沈佺期想象的更寂寞，寂寞得像寒风中的梦："玳瑁床头刺战袍，碧纱窗外叶骚骚。若为教作辽西梦，月冷如针风似刀。"金昌绪《春怨》："打起黄莺儿，莫教枝上啼。啼时惊妾梦，不得到辽西。"两首诗同样写幽怨的荡子之妇，真是异曲同工。

其实，《河中之水歌》中的莫愁也是有一些幽怨的："人生富贵何所望，恨不嫁与东家王。"东家王究竟是怎么回事，歌中说得不明不白，唐朝人大多认为，这个东家王名叫王昌。上官仪

《和太尉戏赠高阳公》诗中说："南国自然胜掌上，东家复是忆王昌。"据《襄阳耆旧传》说，王昌字公伯，为东平相散骑。他是莫愁的真爱，正如元稹《筝》诗说的："莫愁私地爱王昌。"可是，由于种种原因，他们没有最终结合。"本来银汉是红墙，隔得卢家白玉堂。谁与王昌报消息？尽知三十六鸳鸯。"这是李商隐的《代应》诗，阻隔难免生出怅惘。看起来，这桩爱情故事还挺曲折的，其中的间阻多磨，唐人似乎还比较清楚，今天就不甚了了。不过，至少在李商隐看来，莫愁与王昌的爱情虽然多磨，终究是一桩好事，诗人很愿意成全他们，于是莫愁成了幸福的代表，成了快乐的化身。所以，他在《富平少侯》中说："当关不报侵晨客，新得佳人字莫愁。"又在《马嵬》中说："如何四纪为天子，不及卢家有莫愁。"前一个莫愁是娇艳无匹的新娘，后一个莫愁则是无忧无虑的大家少妇。元稹也写过一首《莫秋》诗，我想，这大概是莫愁的误写。诗曰："看著墙西日又沉，步廊回合戟门深。栖乌满树声声绝，小玉上床铺夜衾。"果真如此，则莫愁虽然养尊处优，庭院深深，还不失为幸福的女人。当然，李商隐有时也身不由己，重新回归那个悠久的"忧愁"传统，比如他这首《莫愁》："若是石城无艇子，莫愁还自有愁时。"在同一个诗人手里，莫愁已经不止一次成功"变脸"。

莫愁女的地理背景，有助于她完成更多"变脸"。对这个背景，诗人们历来都很关注。韦庄《忆昔》说："西园公子名无忌，南国佳人字莫愁。"他强调莫愁是"南国佳人"，不是北方或者西方的美女。在称呼这个美女的时候，诗人喜欢说"字莫愁"，这也许是李商隐首创的吧。男女之间，以"字"相称，不仅露出平等和赞赏，还透着亲昵和温暖呢。欧阳修似乎不同意韦庄，所以他的《戏赠诗》说："莫愁家住洛川傍，十五纤腰闻四方。"他仍然把莫愁当作洛阳的佳丽。南国也好，洛阳也好，都是题中可有、应有之义。只是在宋以前，大家似乎都还没有明确把莫愁与金陵联系起来。周邦彦《西河》（金陵怀古）或许是第一次：

> 佳丽地，南朝盛事谁记？山围故国绕清江，髻鬟对起。怒涛寂寞打孤城，风樯遥度天际。　断崖树，犹倒倚。莫愁艇子曾系。空余旧迹郁苍苍，雾沉半垒。夜深月过女墙来，伤心东望淮水。　酒旗戏鼓甚处市？想依稀，王榭邻里。燕子不知何世，向寻常、巷陌人家，相对如说兴亡，斜阳里。

这首诗像一张拼贴画，裁剪了好几首前人的诗，重新组合，其中包括《莫愁乐》。自从《莫愁乐》说过，"莫愁在何处，莫愁石城西"，后人往往跟着说"莫愁家住石城西"（吴融《和人有感》）。一直到晚唐，不少诗家还记得莫愁住在竟陵的石城。胡曾在《咏史诗·石城》中说："古郢云开白雪楼，汉江还绕石城流。何人知道寥天月，曾向朱门送莫愁。"罗虬在《比红儿诗》中说："竟陵西望路悠悠"，"两桨无因迎莫愁"，一点也不含糊。可是，周邦彦公然把莫愁当作金陵的古迹，还进一步落实它在金陵城西，"东望淮水"也是从这个思路来的。有人批评周邦彦，说他搞错了地方。真的吗？以周邦彦的博雅，竟会不知道诗中的莫愁来自湖北石城而不是金陵石头城？周邦彦词作那么讲究辞藻，竟会这么不注意推敲典实？事实是，在周邦彦的时候，莫愁女在石头城早已是家喻户晓的常识了。也许，周邦彦只是从俗而已。

这个莫愁合二而一，面目一新：她既是《莫愁乐》中住在城西的歌唱的少女，从而演变为歌妓，又是《河中之水歌》中的卢家少妇。莫愁女正式"落脚"于南京水西门外，意味着莫愁湖在人文地理上的诞生。它的人文生命最晚始于宋初。

六朝时代，莫愁湖所处之地还是长江的一部分，李白游历金陵时，今天的江东门一带，还是"二水中分白鹭洲"的景象。后来，正如《南京史话》中所说的，随着长江主水道逐渐向西北迁徙，沙洲和陆地相连，那些宽深的水道成为秦淮河入江的水路，另一些深浅不等的江汊慢慢变成了湖泊或池塘，其中就包括今天的莫愁湖。宋、明以后，这个湖才声名鹊起。

明代，玄武湖是皇家黄册库，平民百姓不得擅自进入；紫

白鷺春潮

金山是明孝陵所在，百姓更是望而却步；只有莫愁湖地处城西，山光水色，留下了越来越多文士的屐痕，迅速崛起为城西的一处名胜。明朝中叶以后，越来越多的文人喜欢这一去处，陈陈相因的题咏好像绣花，把一个莫愁湖越绣越密丽。嘉靖时代（1522—1566），南京人黄尚实写的《莫愁湖》一诗算是比较早的：

> 渺渺烟波望里明，六朝芳草亦多情。
> 荷亭座拥千花艳，蓝桨舟横一叶轻。
> 白鹭低飞摇镜槛，青山倒影漾帘旌。
> 放歌不惜尊前醉，莫趁残曛便入城。

万历时代（1573—1619），乡人顾起元在《客座赘语》卷十"古迹俪语"中，已经把桃叶渡与莫愁湖作为对偶的材料。在这个背景下，胜棋楼的故事应运而生，使莫愁湖更加闻名遐迩。据说朱元璋与开国功臣徐达曾在湖畔下棋，徐达棋艺高超，但深知朱元璋护短的脾性，每次与朱元璋对弈，总故意输一二子。这一次，朱元璋要徐达抛开一切顾忌，拿出真本领来应战。棋下到最后，朱元璋发现徐达又不明不白地输了，正待发作，徐达却不慌不忙地请皇帝细看棋枰，原来那上面的棋子已经摆成"万岁"二字。朱元璋只得转怒为喜，将这座湖楼赐给徐达，胜棋楼就这样诞生了。湖楼也从此沾上了"王气"和"英雄气"。

传说之妙，妙在真真假假，既真实又虚构，虚构的是细节，真实的是精神。要了解朱元璋与徐达的君臣关系，还有比这故事更传神的吗？有学者考证说，这虚构乃是出自徐氏后人，故事的蓝本是东晋谢安别墅赌棋，也属于南京"土产"。学者的说法总有些根据吧，可是，在一般人眼里，这样的考据恐怕不免有些多事，甚至有些煞风景。更多的传说还在滋生，总有一批"好事者"热衷于编造故事，广为传播。有了这些传说，有了这些"好事者"，芸芸众生平淡无奇的日子才有滋味，才有缤纷的色彩。

有一个传说，说莫愁是宋、齐之间人，洛阳贫家女。十五岁的时候，她的父亲病死了。为了葬父，她自卖到石城卢员外家为儿媳，婚后生子阿侯。后来，丈夫从军戍边，一别十载，杳无音信。莫愁一心扶贫救弱，深得邻里爱戴。老公公极力反对，乃至对她诬陷凌辱，莫愁不堪受辱，投石城湖而死。为了纪念她，人们把湖改名为莫愁湖。

另一段晚近的传说更为曲折。莫愁本名秋女，因为是秋天在洛阳出生的。母亲死后，靠父亲采药治病为生，父女俩相依为命。莫愁跟着父亲上山采药，采摘郁金香。不幸，父亲失足落崖而死，秋女自感命苦，哭诉于街上，哀愁不自胜，从此改名为愁女。她卖身葬父，被建康商人卢员外买走，带回建康，做了儿媳。婚后夫妇恩爱，生有一子，卢家还为她建了一座郁金堂。丈夫将她改名莫愁。有一天，梁武帝来到卢员外家，见到莫愁，图谋夺为己有，就设计征其夫从军，再害死卢员外，然后召莫愁进宫。莫愁只好单身驾船逃走，临走之时，她舍不下乡亲，在船只徘徊盘旋之中，旁边围起一道埂，成了今天的莫愁湖。乡人骗梁武帝说莫愁跳江死了，他有愧于心，写下了《河中之水歌》。

当革命话语介入莫愁女的"易容工程"，二十世纪版的莫愁故事内核就发生了"翻天覆地"的变化。这些故事无疑有强烈的政治色彩，阶级、冲突、苦难、仇恨以及死亡，都是革命话语的典型修辞手法，往日的莫愁面影几乎被一扫而空。这似乎只是革命时代的特殊趣味。旧文人依然迷恋她的风雅，津津乐道她的美丽和多情。王湘绮题莫愁湖联，就这么称赞莫愁："莫轻他北地胭脂，看艇子初来，江南儿女无颜色。"民国张通之《娱目轩诗集》中有《游莫愁湖》："妆阁安排湖上头，不闻夫婿觅封侯。渡江桃叶时迎送，无怪佳人唤莫愁。"那更是一个幸福美满的莫愁，与前面的闺中思妇，简直是在唱反调了。

莫愁女与梁武帝，英雄与美人，胜棋楼与郁金堂，莫愁女与中山王，徐达与朱元璋，关于莫愁湖，有这么多好的对偶材料，足够点缀湖山的秀美，发抒骚客的风雅，写成一篇篇优美的风景诗。这些典实，这些故事中的六朝气、脂粉气，这些从故事中引发的沧桑兴亡的感慨，也是作对偶的好材料。比如：

> 王者五百年，湖山犹有英雄气；
> 春光二三月，莺花合是美人魂。

再如：

> 时局类残棋，羡他草昧英雄，大地山河赢一著；
> 佳名传轶乘，对此荷花秋水，美人心迹更双清。

时空变幻，英雄和美人始终相映成趣。清代书法家何绍基为杭州西湖书写了一副对联，上下联分别集自宋代姜夔《琵琶仙》和俞国宝《风入松》：

> 双桨来时，有人似桃根桃叶；
> 画船归去，余情付湖水湖烟。

词句轻灵，弥漫着六朝的烟云。如果莫愁有灵，她一定会抗议：这两句应该题在莫愁湖边小亭的楹柱上，怎么写到西湖去了？

幕府仙台

烟雨楼台

千里莺啼绿映红，水村山郭酒旗风。

南朝四百八十寺，多少楼台烟雨中。

——杜牧《江南》

　　诗人一点也没有夸张，只是时光抹去了寺庙楼台的痕迹，让人怀疑它们的真实存在。

　　遥想当年，钟山、覆舟山、栖霞山、雨花台等名山胜地，处处飘荡着悠扬的晨钟暮鼓；秦淮河两岸，人烟稠密的街巷之间，也常常缭绕着礼佛的香烟。翻开《高僧传》，建康的寺庙最多，建初寺、安乐寺、长干寺、乌衣寺、谢寺、上定林寺、下定林寺、瓦官寺、道场寺、栖霞寺、开善寺、冶城寺、何园寺、宋熙寺，等等，不胜枚举。说起有道的高僧，更是指不胜屈。幽深的禅房里，名士正在高谈阔论；巍峨的庙堂上，高僧正在侃侃而谈，真是盛况空前。如果说，建康、江西和浙东是当时江南佛教的三大中心，那么，建康就是中心中的中心。江西以庐山东林寺为中心，出过高僧慧远；浙东也出过支遁、竺法潜、慧皎等名流；建康城内外，更是随处可见高僧的身影。

城南的建初寺，是佛教在南京最早的据点之一。东吴赤乌十年（247），当康僧会踏上这片土地的时候，对佛教来说，这个城市还几乎是一片处女地，是正待开辟的一方新领土。初来乍到、奇装异服、自称沙门、言论夸诞的康僧会，让人且惊且喜，将信将疑。早些年，吴主孙权曾经接触过避乱来吴的僧人支谦，惊鸿一瞥，对佛教只留下一知半解。康僧会陈述佛法的灵验，夸说佛骨舍利的无比神曜，悬河决口，滔滔不绝，在孙权听来，这差不多是天方夜谭。空谈无用。康僧会只好虔诚礼请，三七二十一天过后，五更之时，静谧的夜空中，忽然传来铿然一声，循声看去，铜瓶中已经落入一颗舍利。这舍利果然神奇，五彩光芒，照亮了铜瓶，又质地坚硬，犹如金刚钻石，铁砧砸不碎，铜盘给它一碰，立时破裂。这非同寻常的灵验，震惊朝野，也震慑了东吴国主孙权。孙权信守承诺，允许康僧会在建康建立寺庙。这一座破天荒的寺庙，于是得名建初寺，建庙之地也就得名佛陀里。佛法征服了江南第一都市，建初寺的袅袅香烟，是它飘扬的胜利旗帜。

许是靠了康僧会的灵佑，这建初寺历经几百年风雨而灵光岿然，堪称神奇。孙皓执政期间，一度要禁绝佛教，却没能动摇它的地位。苏峻作乱的时候，佛堂被焚毁，没过多久，又重建一新。其后，寺名又屡有变更，南齐之世，它曾改名白塔寺。唐初，又恢复了建初寺的旧名。牛头法融一度主持过建初寺，使这座寺庙在禅宗史上也风光一时。此后，它在开元中改名长庆寺，南唐时改名奉先，北宋初改名保宁寺，山门牌匾换了好几个，却始终是建康的重要寺院，风风雨雨中，守住了佛教在这座城市的最初根据地。

西晋末年，中原干戈扰攘，从长安、洛阳南下的僧徒，亦如过江之鲫，他们南来的第一个落脚点，就是建康。时间长了，秦淮河沿岸，城南的雨花台、城东的紫金山、东北郊的栖霞山、南郊的牛首山，到处响起寺庙的渔鼓之声。从东晋到南朝，历代帝王对高僧钦敬有加，藩邸贵胄与世族名士每每着意逢迎，舍宅施地，出钱出力，资助乃至建立寺院的，也比比皆是。刘宋初年，平陆县令许桑舍宅而建平陆寺，范泰不仅建立了祇洹寺，而且把六十亩果竹园施舍给寺院。在佛教史上，这是士僧关系的"蜜月期"，一座建康城俨然成了高僧的渊薮。高僧玄畅原驻岷山郡广阳县，齐豫章王萧嶷镇守荆峡时，把他请到了江陵。永明初年，文惠太子又不远千里把玄畅迎回建康，住止灵根寺。这个远道而来的高僧死后，就埋在钟山独龙阜前，也就是后来明孝陵的所在。宗室临川王萧映为之立碑，汝南周颙为之撰文，生前荣耀，身后也风光得很。

都说出家人寒俭，从另一方面说，这些僧人也是一群奢侈的消费者——他们消费着都邑的王者之气，消费着山林的梵呗香烟，消费着善男信女的虔诚和沉醉，消费着淮水青溪的水色波光。同时，别忘了，他们也是一群特殊的创造者——他们创造了城市的故事，创造了尘世的传奇，他们的名字装点着古城的历史，那一份光荣着实值得回味，那一段记忆久久不能磨灭，无言流逝的光阴也因之有了潺湲的韵致。有时，他们的消费形态本身就是一种创造，而且，消费是短暂的，创造是永恒的。在瓦官寺弘扬佛法的竺法汰，在青园寺首倡顿悟学说的竺道生，在定林寺著书立说的释僧祐和慧地和尚（刘勰），行踪不定、留下了一大堆神奇故事的宝志和尚，他们的名字不仅在佛教史上熠熠闪光，也照亮了这座城市的历史。

竺道生是从北方来的，早年就以天资神悟而出类拔萃。他曾在庐山幽栖七年，后来又与慧睿、慧严等人一同游学长安，受业于鸠摩罗什，到建康以后，他住止青园寺，默默参详佛法。有一天，沉思默想的竺道生突然豁然开朗：原来一切众生皆有佛性，可以顿悟成佛。他激动得不能自己，到处宣讲这一思想，建康城道俗两界都为之震动。那些拘守旧说的保守派人士视之为异端邪说、洪水猛兽，群起而攻。道生不为所动，坚持自己的学说，有时也不免信誓旦旦，表明自己的虔诚。多年以后，大本

《涅槃经》传到金陵，正与竺道生所宣讲的不谋而合，芸芸众生这才慨叹竺道生孤明先觉，钦佩得五体投地，而竺道生执此经卷，升座宣讲之时，自然更加理直气壮。可惜，那时他早已离开青园寺了。

道生所住止的青园寺，是当时建康城赫赫有名的寺院。这个寺院来头不小，它的建立者是东晋的末代皇后——晋恭思皇后褚氏。传说道生来到建康不久，就被褚皇后礼请为本寺的僧主。有一次，道生入宫为皇后讲说《涅槃经》，他的讲解分析深入浅出，娓娓动听，不仅皇后和随侍的宫女听得入迷，就连旁边的一块石头也连连点头称是。这当然只是个传说，而当时人对道生佛学的推崇称赞已尽在不言中。这是高贵的礼赞，在它面前，鲜花和掌声也黯然失色。

鲜花和掌声不是轻易可以预期的，尤其对先驱者来说。事实上，孤独和寂寞倒常常是先驱者的宿命。如果道生能够读到陈子昂那篇《登幽州台歌》，"前不见古人，后不见来者。念天地之悠悠，独怆然而涕下"，他一定会感动得潸然落泪。在古典文献中，顽石点头的传说还有一个版本，可能比前一种版本流传更广，说的是道生在苏州虎丘山聚石为徒，讲解经文，顽石们纷纷点头称是。没有听众，也没有倾听者的掌声，人类拒绝了他，与他保持着彬彬有礼的距离，只有冰冷无生气的石头默默颔首。对任何一个言说者来说，还有比这更难堪、更凄凉的

天界经鱼

吗？故事背景只有小小的变换，情节也只有一点点歧异，可是那意味却全变了，变得截然不同，触目惊心。人们只记得成功者面前的鲜花和掌声，谁敢说道生在建康最初的日子不是充满岑寂呢？

对出家人来说，岑寂也许算不了什么，道生最不能忍受的是僧众的怀疑和排挤。一气之下，他拂袖而去，投奔苏州虎丘山，在那里重新开始他的弘法事业。那年夏季的一天，一声震雷击中建康青园寺佛殿，透过雷电耀眼的光芒，人们看到一条飞龙直冲云霄，周身闪射出耀眼的光芒。青园寺上上下下都认为这是一个难得的瑞征，同意改寺名为龙光寺，以纪念这一灵异。不过，潜龙飞去也意味着竺道生又要迁往别的山寺去了。果然没过多久，道生就投迹庐山，离京师越来越远。

自然，京师也并非没有理解竺道生的人，只是一下子就能接受新观念的人比较少而已，那是需要慧根的，而有慧根的人正不易得。当时著名的世族文人，比如琅琊王弘、顺阳范泰、琅琊颜延之以及陈郡谢灵运等人，都很敬仰道生，与之往来密切。谢灵运最服膺道生的顿悟说，他曾写过一篇《辨宗论》，旨在发挥道生的顿悟之义。谢灵运曾经自信地对孟颛说："得道需要的是慧业。您升天会在我之前，但成佛必定在我之后。"宋初的建康城，很多人卷入了这场顿悟和渐悟的论争，包括皇帝在内。宋文帝本人是宣讲顿悟义的，可是，他无力压制这场争论，面对异议者的质疑，他不禁怀念起身在梵天的竺道生。道生有两个弟子，一个叫道猷，一个叫法瑗，都信守其师的学说。文帝招请他们入都，提供讲坛，使道生的顿悟之说发扬光大。在佛教史上，竺道生提倡顿悟见性，扫除旧学，遥启唐以后的禅宗一脉，他的地位好比破除汉代京焦易学专重象数之学、开启魏晋玄风的王弼。而他的事业正是从建康开始的。

乌衣寺的慧睿也是建康有名的高僧。他是道生的同学，对经字音声深有研究。乌衣寺与王、谢二族居住地相近，王、谢子弟经常来往于此。笃好佛学的谢灵运对梵文音韵之学很有兴趣，曾到寺中向慧睿请教经中诸字及众音异旨。彭城王刘义康对慧睿也十分敬重。因为诵经的关系，很多僧人精通经字音声，擅长转读的也大有人在，建康东安寺的释昙智就是一位，他是在永明五年迁逝的。当时还有几个经师，对转读之道各有专长。《高僧传》卷十三说："道朗捉调小缓，法忍好存击切，智欣善能侧调，慧光喜飞声。"飞、缓、切、侧，仿佛汉语的平、上、去、入，四位高僧各有特色。随着这些知识向俗界的传播，随着文人学士对梵汉音声的吟诵体会，南齐永明年间，"四声"之说正式出现于汉语中，"八病"的规则也随之而生，中国诗史从此翻开了崭新的一页。它的起点在鸡笼山（今北极阁一带）下的西邸——竟陵王萧子良的府邸，一处城市山林的所在。

城市与山林并没有截然界限。权势、名利、喧嚣，滚滚红尘多少也会随风飘入山林，但总的来说，寺院是清静的，名流高士来到这里，往往不敢造次——孔稚珪打趣周颙的那篇《北山移文》，藏在戏谑玩笑背后的就是这种现实。山林是高士的天堂，是僧众的领地，高僧与隐士常常惺惺相惜，互相引为知音。而王侯勋贵盛大的仪驾车马，在这里反而没有了用武之地。他们也得习惯把脚步放慢、放轻，把尘心暂时涤荡，把俗累暂时放下，让心智专注于精神，暂时骋游于虚无之境。译解佛经，读书撰作，这是最理想的场所，玄谈论议，这里也不乏听众、知音、商榷的伙伴乃至交锋的对手。建康的寺庙是很多新学的萌生地，很多头角未露的青年俊杰栖身于此，磨砺于斯，寝馈于斯，思辨于斯，讲论于斯。精研诸经而兼通庄老者，原不稀罕；生性洒脱富有文才的，也时或可见。《高僧传》中有彭城寺道渊弟子慧琳，身为僧徒，却俳谐好语笑，长于作文，又恃才傲物，大有名士之风。上定林寺的释僧远，是一位"屣万乘其如脱"的高人，他曾拒绝宋明帝的招请，却与山林隐逸之宾、傲国凌云之士打得火热，那些山林丘壑之士，莫不踵临山门，向他致敬。

上定林寺也是人才荟萃之地，其中包括僧祐及其弟子刘勰。僧祐博览群籍，广搜旁采，著述繁多，其中《弘明集》和《出三藏记集》尤负盛名。前者对于佛教史研究极富文献价值，后者则是一部别出心裁、富有特色的佛经文献目录学著作，在学术史上都有很重要的地位。僧祐是造像艺术家，还是经籍收

宿岩灵石

藏家，他在建初寺、上定林寺建立经藏，帮他区别部类、编定目录的是他的弟子刘勰。刘勰本有文才，又随僧祐学习了十几年，博通经论，当时建康城里凡有新建寺塔或者名僧坐化，碑记墓志之属往往出自刘勰之手，可惜今天大都失传了。值得庆幸的是，他的《文心雕龙》没有失传，这部六朝文学理论批评的扛鼎之作的出现，跟刘勰的这段佛学经历、跟他从中受到的思维训练是分不开的。刘勰一生坎坷曲折，早年孤贫，以致无力婚娶，只好去定林寺投依僧祐；中岁入仕，受到临川王萧宏的器重和昭明太子萧统的爱接；晚年又奉敕与沙门慧震一起在定林寺撰经，最终出家，并改名慧地。从东宫到北山，建康城内外都留下了刘勰的芳躅。离俗入道，由道还俗，徘徊于道俗之界，徜徉于出世与入世之间，这正是一种具有明显的六朝时代特征的人生轨迹。

可是，与那个又疯又怪的和尚释宝志（一作保志）比起来，刘勰故事的戏剧性就稀薄得多了。宝志据说就是后来的济公和尚的原型，从南朝起，他的故事就在民间传播，越传越玄。他究竟活了多少岁，没有人说得清。人们依稀记得，他刚到京城的时候，住止在道林寺，那还是宋明帝以前的事。不知从什么时候起，他变得言行怪异，疯疯癫癫。他行止无定，饮食无时，有时几天不进食，居然也不觉得饿。他行走于京城街巷间，寒冬时节跣足袒行，也居然不觉得冷。他常常执一根锡杖，杖头挂着剪刀、尺子、拂尘与明镜，据说那是隐喻齐、梁、陈、明四个朝代，他对人们的讪笑毫不介意。他还经常说些莫名其妙的话，人们当下听不懂，过后知道是谶语，没有一句不灵验，才对这个疯和尚刮目相看，不敢小觑。传说他还会神术，能够分身三处，能够把吃下肚子的鱼放回盆中游动如故，甚至能够呼风唤雨。这个"妖道"的名声渐渐传入宫里，引起了皇帝的警惕。从齐武帝到梁武帝，帝王们想过多种办法，把他收捕下狱，限制他出入等，全都无济于事，皇帝变得更加紧张，最后黔驴技穷，只得与他妥协，任其行走来往，随意出入禁中，从此相安无事。天监十三年（514），宝志无疾而终，葬于钟山玩珠峰独龙阜，占断一处好风水。在他的墓地旁，敕令修建开善寺和宝公塔，当世名流陆倕为他作了墓铭，王筠为他写了碑文。宝志的死，标志着他与皇权玩笑式的抗衡以胜利而告终。不幸的是，几百年后，他遇上了另一个更专制、更暴烈的皇帝。朱元璋看中了他的阴宅，他从这里被逐走，他的名字也被从这片土地上抹掉，开善寺和宝公塔被迁到了今天的灵谷寺之地。只有宝志杖头的那段隐语预言，似乎还在揶揄世俗的强权，维持一种精神的胜利。

山不在高，有寺则名，寺不在多，有僧则灵，这当然说的是高僧和名寺。神异灵验不仅使高僧成名，也使寺庙和所在的山林成名。瓦官寺是如此，开善寺是如此，雨花台亦复如此。雨花

雨花闲眺

台原名石子冈，南朝时代，这里已是香烟缭绕之区，僧寺棋布。写过《佛国记》的东晋大旅行家法显，曾在这里的道场寺翻译古印度六部佛经。这里的甘露寺又称高座寺，也常有高僧说法讲经。最耸人听闻的是相传梁武帝时，有云光法师在此讲《法华经》，说到动听之处，感动上天，天花纷纷坠落，落花如雨，花雨落地为石，雨花台由此得名。细论起来，这个美丽的传说原是佛典的盗版，佛经上讲佛祖说法，感动天神，诸天降下各色香花，于虚空中缤纷乱坠。这传说似乎是唐代的好事者编排的，石子冈质木无文的地名，因此有了文采和诗意，雨花台成名了，城市平添一处名胜。这真让人感慨：今天还有这样的好事者吗？还能有这样的好事吗？

俱往矣，六朝烟雨，寺院楼台。

達摩靈洞

夾䧺峰

達摩洞

达摩灵洞

骑鹤扬州

每一个时代，每一座城市，都有一些地方特别能够激发骚人墨客的诗情文思，或者说，这些地方的文学土壤最为肥沃，是最有文学意味的所在，比如秦淮河，又比如夫子庙。人们爱在秦淮河畔和夫子庙边流连，那些似乎触手可及的昨天仿佛就在眼前。像夫子庙这样昔日繁华、今天依然喧闹的地方并不多。在时光的淘洗中，更多的往日繁华之地已被后人遗弃，已被生命的个体遗忘，只留下那些难以删除的地名——成为历史的载体，记录以往的集体记忆。站在今天的立场，试图通过某些地名来恢复六朝人心中的城市景象，哪些地方是最让人们动情，最使诗人文士流连忘返的呢？

作为首都，作为当时东西南北的交通枢纽，作为行旅往来的重要据点，建康城那些迎来送往的地点，是富有诗意的。当时人送客南行，往往相送到方山，从城中到这里，水路正好是一天的行程，最后再握手言别。在六朝文人心中，方山犹如汉代人眼中的灞陵，触动了许多诗人的灵感。谢灵运、王彪之、何逊等人送客到方山时，都留下离别的诗句。西行的旅人，则往往道出新林浦，或者在新亭渚暂歇。何逊写过《初发新林》二首，谢朓写过《之宣城郡出新林浦向板桥》，都是以人在途中为背景。谢朓送范云赴湖南零陵任职，则一直送到了新亭渚。一千多年过去了，往日的通衢早已荒冷，车辙屐痕早已深埋于地层之下，只有这些地名还散发着沧桑的意味。

钟山和栖霞山是文人学士游踪常至之所。东郊的钟山本来树木不多，从东晋开始，规定凡是出都任职或罢官回朝的人，离都前都要到钟山植树，多则一百株，少则五十株，日积月累，钟山林木茂盛，郁郁葱葱。一座绿树成荫的城市是让人喜爱的。说起来，南京人重视环境保护，珍爱绿色，可谓传统悠久了。齐梁以后，钟山周围已经布满隐者的茅庐、修道的精舍和礼佛的寺庙。孔稚珪在《北山移文》中拿来打趣的那位周颙，就曾在钟山结庐隐居。沈约、范云等人都有郊外别墅。沈约的别墅在钟山之下的东田，他曾经在《郊居赋》中描写过那里的景致。今天的东郊处处葱茏翠绿，是南京人引为骄傲的城市山林，而六朝庐舍庙宇则连瓦砾也难得一见了。

登高远望，吟诗作赋，是古代文人的风雅游戏。石头城虎踞江滨，是南京城守卫的要塞，也是文人屐履常到之地。位于今日朝天宫的冶城高处，也是六朝人春秋佳日偏爱登临之处。即使在四郊多垒的时代，登高眺望，人们也会情不自禁地，像《世说新语·言语》中说的，"悠然远想，有高世之志"。今天的石头城，依旧可以作为胜日登临之地，也可以想象当年居高临下的险要高峻之势，而冶城则淹没于鳞次栉比的楼宇之中，失去了开阔的眺望景观。玄武湖边的覆舟山也是登高的好去处，登高北望，依然云天空阔，绿水苍茫，却早已改名为九华山。六朝时代覆舟山周围散布的皇家苑囿宫殿，诸如乐游苑、华林苑、华林清暑殿、景阳楼等，也只能从书卷中看到名字，从名字中依稀可以想象当年的风采。宋孝武帝在《游覆舟山诗》中描写他的登临所见，"逢皋列神苑，遭坛树仙阁"，那景象早已"音容渺茫"了。本来，覆舟山是因其形状而得名的，它像一艘倾覆的大船，一动不动地覆在北湖南岸、台城北面。"水能载舟，亦能覆舟"，舟和水相连，山和湖浑然一体，相映生辉。当初为这座山取名的人，是否有意以山名儆戒当时的统治者？后来将这座山改名的人，是否忽略了山名的政治历史含义呢？明朝建都南京时，依山筑城，覆舟山牺牲自己而成全了城墙，它的光荣历史随着一块块城砖而被砌进了城墙里。

扬州这个地名进驻南京，最终退离南京，也在这座城市的历史中留下一段沧桑的记忆。

扬州是个很古老的地名，在《尚书·禹贡》中，它就是九州

凭虚听雨

之一。《周礼·职方》说："东南曰扬州。"《尔雅·释地》称："江南曰扬州。"这显然是对一个较广区域的称名。汉武帝时设立十三刺史部，扬州也赫然列在其间，后来演变成一级行政建置，它所管辖的地盘仍然很大。东汉时代，扬州治所多次迁徙，但每次都落在今安徽省境内。三国时代，魏、吴两国分别设立扬州，魏国的扬州治所在今安徽寿县，吴国的扬州治所在建邺，也就是今天的南京。扬州地名进驻南京，大致上与六朝相终始。由于扬州刺史府设在南京，六朝时代的首都建康于是又称为"扬州"。这座城市是军事重镇，是政治中心，也是繁华富庶的所在。刘穆之说过，扬州根本所系，不可以假手于人，这是一句大实话。除了皇亲国戚、心腹亲信，其他人是无望染指扬州刺史这一要职的。"扬州"作为六朝政治文化的中心，经过三百多年的发展，虽历经改朝换代，除了侯景之乱给京城带来了巨大的毁坏，其他人为破坏并不多，它的独尊地位没有其他城市可以动摇，可以取代。

六朝时代有一段故事说，曾经有四个人聚在一起，交流各自的理想。甲说他的梦想是当上扬州刺史，乙说他想发大财，腰缠十万贯，丙说他只想骑上仙鹤，羽化升仙。最后那一位接过话头，说出他的如意算盘："腰缠十万贯钱财，骑鹤上扬州当刺史。"不用说，他这算盘打得也太如意了一些。有钱有势仍不知足，还要长生不老，骑鹤飞升。这里的扬州刺史无疑是权势和地位的象征，即使当不上刺史，能骑鹤上扬州，遨游一番，也足够潇洒逍遥的了。故事中的扬州显然是指今天的南京，虽然今天的扬州人在介绍本城的荣耀历史时，也很乐意引述这段故事。

隋文帝开皇九年（589），陈朝灭亡，建康的城郭宫阙尽皆毁为丘墟，隋朝在石头城置蒋州，废丹阳郡，将秣陵、建康、同夏三县并入江宁。同年，改吴州为扬州，治所设在江都（今扬州），隋朝末年，又在江都设置扬州总管府。从此，扬州之名不再属于南京。随着京杭大运河的开掘，隋唐时代的南北交通又多了一条重要通道，这条通道绕过南京，而以扬州为中心。扬州地处长江与大运河的交叉点上，得天独厚，一跃而为唐代对外贸易的重要港口，从六朝诗人感叹唏嘘的芜城，变成了一座经济文化繁荣的城市，笙歌院落，灯火楼台，其繁华超过南京。按宋代学者洪迈在《容斋随笔》中的记载，当时已经有"扬一益二"的说法，就繁华而言，扬州排名第一，益州（今四川成都）名列第二。在杜牧旖旎多情的诗歌中，我们已经充分领略了这座城市的激情和魅力。中唐诗人张祜在《纵游淮南》中，说过这样的话："十里长街市井连，月明桥上看神仙。人生只合扬州死，禅智山光好墓田。"徐凝《忆扬州》也说："天下三分明月夜，二分无赖在扬州。"都够耸人听闻的。扬州的光辉盖过了在它南面的南京，势头咄咄逼人。

南京先是失去作为政治中心和文化中心的地位，继而失去作为南北交通枢纽的地位，隋代以后，它的地位逐渐边缘化了。它曾拥有文化的吸附力、同化力，能把不属于本城的文化成分吸归己有，而现在，则连自身原有的东西，眼看也保不住了。在唐诗中，我们经常听到的是怀古咏史的感叹，现实的繁华可以恢复，而历史的悲伤不能抹去，何况一代又一代的诗人传唱不已，更加深了它的痛楚。

这是有一个过程的。

隋初，孙万寿由于衣冠不整，被配防江南，失意之中，他写了一首《早发扬州还望乡邑诗》："乡关不再见，怅望穷此晨。山烟蔽钟阜，水雾隐江津。洲渚敛寒色，杜若变芳春。无复归飞羽，空悲沙塞尘。"无疑，这时候的扬州还是南京，它不再是金碧辉煌的六代首都，而只不过是迁谪之地江南的一部分。无论在诗人的眼里，还是在他的心中，这座城市已经笼罩一层黯色，在寒风中，一阵阵乡愁袭上心头，让孙万寿禁不住打个寒战。南京暂时还可以"与人共享"扬州的名号，但已经没有往日的华丽和威风。在更有政治权威的隋炀帝眼里，扬州明确不属于南京，而属于江都。隋炀帝在《江都宫乐歌》中写道："扬州旧处可淹留，台榭高明复好游。风亭芳树迎早夏，长皋麦陇送余秋。"风亭、芳树等等，是刘宋时代徐湛之在扬州兴建的胜迹。炀帝又有《泛龙舟》诗："舳舻千里泛归舟，言旋旧镇下扬州。借向扬州在何处，淮南江北海西头。……讵似江东掌间地，独自称言鉴里游。"这里的关键问题是："借问扬州在何处？"一锤定音，隋炀帝已经做出了权威的回答。

武德二年（619），即唐政权建立的第二年，设置扬州东南道行台尚书省；三年，以江宁、溧水二县置扬州，更名江宁曰归化；六年复为扬州；七年，改扬州为蒋州，改归化县为金陵县；八年，罢行台，置扬州都督府；九年废都督，徙扬州府治于江都。从归化到金陵，政治上大张旗鼓的贬抑运动渐趋平静；从南京到江都，扬州一名的历史与现实从此分道扬镳，渐行渐远，远到一般人看不出其间的联系，只有少数一些诗人在怀旧的咏唱中还会提到这一层渊源。例如李白《酬崔侍御》："严陵不从万乘游，归卧空山钓碧流。自是客星辞帝坐，元非太白醉扬州。"在系念历史的诗人心里，时光之河仿佛没有流动，扬州还是六朝的那个扬州。但是，大多数后人已经忘掉南京历史上还有这样一个名称，他们似乎也在有意无意中忘掉了南京这一段繁华的历史。

有个初学中文的美国学生问他的老师，南京在中国的什么地方？除了知道北京和上海的大致方位，这个学生对其他中国城市几乎一无所知。为了让他容易明白，老师告诉他，南京靠近上海，在上海的西北方，相距约三百公里。几年前第一次听到这个故事时，我曾感到失落，也很无奈。外国人不了解古代中国，或者了解得不多，中国的历史对他们来说几乎是不存在的。如果时间倒流一百年，人们也许会提这样的问题：上海在什么地方？那回答就会是，它靠近南京，在南京的东南方，相距大约三百公里。

王勃在《滕王阁序》中感叹："呜呼！胜地不常，盛筵难再。兰亭已矣，梓泽丘墟。"天下没有不散的筵席，历史也少有长盛不衰的城市。旧的城市圮毁了，新的城市又建立起来。毕竟能长久吸引着历史的关注的，是少数。这少数当中，南京是一个。

曾经的繁华，如浮云飘浮不定。曾经的光荣，是否会骑鹤再来？

弘济江流

高阁临江

人言横江好，我道横江恶。

一风三日吹倒山，白浪高于瓦官阁。

——李白《横江词》

陇西人李公佐站在瓦官阁上，倚栏远眺，槛外是滔滔奔流的江水。绿柳笼晴，阵阵江风吹拂，送来一阵阵凉爽快意。

这是元和八年（813）的春天。刚刚从江西的从事任上解职的李公佐一身轻松，他顺江东下，泊船于秦淮河岸，顺路到金陵访古寻友，盘桓几天。瓦官阁所在的瓦官寺，有一位法号齐物的僧人原是公佐的朋友。他跟公佐说起一件奇怪的事：最近有个叫谢小娥的女子，常到寺里来，请教两句话怎么解释。这小娥是江西南昌人，随父亲和丈夫外出经商，不幸遇上强盗，父亲和丈夫都死于非命。她被强盗击伤后落水，侥幸被人救起来，沿途辗转乞讨，来到当时的南京，被好心的妙果寺尼姑净悟收留下来。小娥梦见父亲对她说了一句话："杀我者，车中猴，门东草。"丈夫也向她托梦，说："杀我者，禾中走，一日夫。"她相信凶手的名字就隐藏在这两句话里面，可是苦思冥想，仍然不得其解，她费了几年时间，到处请教高人，却都不明所以。听了齐物的一番话，李公佐很感兴趣。他靠在槛边，凝神思考起来。没过多长时间，李公佐就想明白了。这显然是两段隐语，是拆字格的谜语，里面隐藏着申兰、申春两个名字。"车中猴"是"申"字："車"字去掉上下两横，中间不是"申"字吗？十二地支中，与猴相对应的也是申。草头、门、东三部分合起来，正好是兰（繁体"蘭"）字。"禾中走"，就是穿"田"而过，当然是"申"字。一、日、夫三部分合起来，则是"春"字。李公佐让齐物把谢小娥喊过来，当面问过详情，才将自己破解的谜底和盘托出：杀死谢小娥父亲和丈夫的凶手就是申兰、申春。谢小娥恸哭不已，拜谢而去。靠着李公佐提供的这个重要线索，谢小娥到处寻访，终于找到了凶手。四年之后，她擒杀了贼首申兰、申春，又将其同党一网打尽，为亲人报仇雪恨。

这是发生在中唐的一段真实的传奇故事。谢小娥是坚忍的，也是机智的。她明白，只有在南京这样的通都大邑，在瓦官寺这样三教九流汇聚的地方，才有可能找到高人相助。这瓦官寺位于金陵凤凰台上，始建于六朝，每当春秋佳日，香客游人，摩肩接踵，人流密集，是这座城市难得的一处"公共空间"。而自南朝兴建以来，瓦官阁就一直是这一带的"标志性建筑"。它面江瞰城，地势高旷，历来是骚人墨客登临赋咏的佳处。说起来，寺阁的历史也充满神异和传奇，丝毫不比谢小娥的故事逊色。

据说瓦官寺一带土色红赭，在东晋哀帝兴宁二年（364）以前，这里曾设有陶官，负责烧制陶瓦之器。瓦官之名就是这么来的。一直到清代，城中人修建房舍，还经常到这里取土，烧砖制瓦，长年累月，这里的岗阜到处坑坑洼洼，一些人家的坟墓也遭到池鱼之殃。最初，这里是河内山玩公的墓地，兴宁二年，沙门慧力乞得其地，在这里建起了一座寺庙，取名瓦官寺。但后来却有一种说法，说是西晋之时，此处地上忽然长出两朵青莲，官府派人掘地三尺，挖到了一个瓦棺，棺中有一僧，形貌如生，这两朵青莲就是从他的舌根生长出来的。附近的父老相传，当年有一个僧人，不详其姓名，平生耽好《法华经》，诵念万余遍，临死遗言，以瓦棺葬此地。考究起来，大概民间不理解"瓦官"的意思，讹传成了"瓦棺"，又附会佛教相传的口吐莲花的故实，编出这段故事来宣扬佛教。这当然是荒诞不稽之谈，不过，少了这段志异故事，瓦棺寺的身世就平淡无华了，也就不会过了几百年，还有很多诗人记得"瓦棺"这个名称。

凤台秋月

瓦官寺初建之时，还比较简陋。相传建塔奠基之时，最初竖立的那根标柱到了夜里不胫而走，向东移动了十几步，人们莫名其妙。后来发现这是神的旨意，暗示塔基必须东移。名僧竺法汰住止瓦官寺以后，又进一步扩大规模，依凭地势，起重门，修梵宇。竺法汰佛学修养精深，晋简文帝敬重他，请他讲经，还亲自驾临听讲，王侯公卿也都蜂拥而至。竺法汰的名声越来越大，每次开讲，远近士女，老老少少，成群结队地前来聆听，场面壮观，瓦官寺也随之名震一时。竺法汰与王侯公卿世族名流，包括王洽、王洵、谢安、孙绰等人，关系都很好。他的操持经营，使瓦官寺在建康城星罗棋布的佛寺群中脱颖而出，不仅在地理上，而且在政治上也占据了一个制高点。

最能震动道俗二界，也使历史铭记不忘的，是所谓瓦官三绝。第一绝是一尊四尺二寸的玉佛，这是狮子国（今斯里兰卡）国王派沙门昙摩抑经历十余年的长途跋涉，不远千里赠送给晋孝武帝的，礼物贵重，情意更重。第二绝是著名画家戴逵设计铸造的丈六铜佛，在当时是一流的规模，令人叹为观止。第三绝则是著名画家顾恺之画的维摩图。顾恺之小字虎头，在当时号称才绝、画绝、痴绝，特立独行，与众不同。为了修建瓦官寺，住持向京中士大夫募捐，一般人认捐都不超过十万钱。有一天，家住附近的年轻画家顾恺之来到寺里，一开口就认捐一百万钱，大家都很惊讶。有些人认为这位怪才大言不惭，只不过哗众取宠，肯定拿不出这许多钱。顾恺之对住持说，只要给他一堵粉刷一新的白墙，让他画一幅画就行了。他花了个把月时间，在寺庙的墙上画了一幅维摩诘像，神采奕奕，栩栩如生，点上传神阿堵之后，更是流光溢彩，精神焕发，把寺里的人都看呆了。这消息很快传开，远近人们争先恐后来观赏。顾恺之交代住持："头一天来看的，每一位要捐钱十万；第二天来看的，每一位捐钱五万；第三天来看的，随缘捐助，多少不限。"不几天，"门票"收入就已超过了一百万。顾虎头这幅神奇的维摩像，又称为金粟如来，当时就轰动建康，过了几百年仍然有人念念不忘。诗人杜甫客游金陵时，就专程去寺里看画，还特地托朋友弄了一份维摩图样。若干年之后，他还清清楚楚地记得那时如饥似渴的感受："虎头金粟影，神妙独难忘。"

瓦官寺是六朝道俗两界的活动中心，名僧高士会集于斯，展开思想的交锋。据《南史·陆厥传》记载，有一位后来还俗的僧人王斌，曾到瓦官寺听云法师宣讲《成实论》，寺内听众济济一堂，座无虚席，只有僧正慧超旁边还剩一个空座，王斌就坐了下来。慧超见他不客气，就厉声训斥，王斌奋起反击，与慧超展开一场辩论，机锋往返，耸动四座。王斌一下子成了建康城的名人。在《世说新语》中，也能看到刘惔、王濛、桓伊等名士聚在瓦官寺，商略西晋及江左人物。名士与名僧间的谈论，时常是敏捷和机智的对抗。有一天，小名王苟子的名士王修之来到瓦官寺中，与僧意谈话，讨论名理。僧意问道："圣人有情否？"王修之回答："没有。"僧意又问："照你说，圣人跟这寺中的柱子没有两样了？"王修之说："圣人就像算盘，虽然无情，但掌控他的人有情。"僧意再问："谁还能掌控圣人呀？"王修之一时语塞，答不上来了。这一类的谈论当时一定很多，只不过音沉响绝，被文献记录下来的仅仅一鳞半爪。

时至梁朝，瓦官寺建起了一座高达240尺的瓦官阁。南朝一尺约等于今天的25厘米，240尺约合60米，就是按今天的标准也是相当高的。登高眺望，没有比瓦官阁更好的地方了。李白在金陵的日子里，城西南一带，从凤凰台到瓦官阁，都是让他流连忘返的地方。他曾"晨登瓦官阁，极眺金陵城"，放眼所见，是"钟山对北户，淮水入南荣。漫漫雨花落，嘈嘈天乐鸣。两廊振法鼓，四角吟风筝。杳出霄汉上，仰攀日月行。山空霸气灭，地古寒阴生。寥廓云海晚，苍茫宫观平。门馀阊阖字，楼识凤皇名。雷作百山动，神扶万栱倾。灵光何足贵，长此镇吴京"。在李白的眼中，这里既有地理的开阔，又有历史的纵深，虽然一般人往往只注目于前者。五代人康仁杰有两句诗："云散便凝千里望，日斜常占半城阴。"说的也是瓦官阁的高峻和视野的开阔。高阁临江，风急浪大，楼势岌岌可危。难怪瓦官阁建成没有多久，就变成一座"斜塔"，向西南方向敧侧。李白在《横江词》中说过："一风三日吹倒山，白浪高于瓦官阁。"这当然是李白式的夸张，不过还是有事实依据的。唐玄宗开元九年（721），一场大风又把它刮得正过来，大自然的神工令人惊叹，堪称奇迹。

六朝以后，瓦官寺的名称时有更换，从南唐的升元寺，到北宋的保宁寺，再到南宋的崇胜戒坛院。南唐时，瓦官阁也一度改称升元阁，它是南唐国都的一座象征。开宝八年（975），宋兵南下，金陵城中士大夫及富商豪民纷纷躲进升元阁里避难，多达数千人。宋兵放了一把火，"灰飞障天烟焰炽，一火二月烂不收"，巍峨的升元阁从此化为焦土。"眼中已不见二百四十尺之高楼，但见炊烟方灶宿貔貅。上有啼鸦噪鹊如泣诉，下有藤蔓老树根据枝相纠。"这是南宋诗人刘过眼中的升元阁遗址，怎不令人慨叹！瓦官阁的焚毁，象征着南唐的灭亡。这场大火过后，南唐二主的玉殿琼楼变成了断壁残垣，南京大地上多了几处历史的灰烬。

宋代以后，长江向西退去，象征皇权的凤凰越飞越远。明代一度重建凤游寺，但已经今不如昔，没有好事者重提兴建升元阁的话头，城西南的这一片渐渐被人淡忘。昔日的熙攘之区，成了再平常不过的寻常巷陌。近现代以来，南京城市中心北移，历史文化意蕴丰富的门西一带日渐冷落。前些年，有人在花露岗上重建古瓦官寺，地势逼仄，屋宇也简陋，楹柱上贴了大红的对联，粗纸浆糊，字也是草率的，门庭冷落。不用看，就知道没收到多少香火钱，寒窘得很，这几年才越来越有样子。

　　"摩挲石柱藓痕斑，亡国如鸿去不还。无复切云三百尺，只传风铎在人间。"（曾极《金陵百咏》）可惜的是，开元阁的风铎再也听不到了。

百斛金陵

堂上三千珠履客，瓮中百斛金陵春。

——李白《寄韦南陵冰，余江上乘兴访之，
遇寻颜尚书，笑有此赠》

就今天来说，南京似乎不以酒名，白酒、黄酒、葡萄酒皆乏善可陈，本地所产的啤酒虽有"金陵""龙虎"等牌子，名气都不够大，更谈不上全国性的影响。但在这座城市的历史中，却有几段关于酒的记忆和传奇，颇值得回味。不妨从李白的诗歌讲起。

中国的酿酒历史十分悠远，可惜唐以前的名酒都湮没不闻，而唐代的好酒，则靠了一些著名诗人的揄扬而"垂名青史"：乌程的若下春、杭州的梨花春、荥阳的土窟春、富平的石冻春、云安的麴米春、剑南的烧春，还有南京的金陵春。唐人喜欢用"春"字来给这些酒命名，不知道是不是也出于诗人的灵感，至少是很有诗意的。麴米春因杜甫而扬名，梨花春因白居易而名传遐迩，金陵春声名远扬，则是靠李白的宣传。

李白不止一次到金陵。无论游山玩水，怀古思幽，还是命俦啸侣，送客别友，饮酒都是其生活的主要内容和乐趣之一。他曾在金陵酒肆与友人告别："风吹柳花满店香，吴姬压酒唤客尝。金陵子弟来相送，欲行不行各尽觞。请君试问东流水，别意与之谁短长？"他也曾在凤凰台上置酒抒怀："置酒延落景，金陵凤凰台。长波泻万古，心与云俱开。昔时有凤凰，凤凰为谁来？凤凰去已久，正当今日回。"李白当年初入长安，就从贺知章那里得到了一个响亮的称号："谪仙人"，这称号很快就扩展用来形容他的饮酒——"饮中八仙"。长安时代的这些美誉也被带到了金陵，李白的好朋友崔成甫就称他为"金陵酒仙人"。"酒"而能"仙"，真是既狂放至极，又飘逸无限。李白本人也喜欢这个称号。他在金陵与朋友往来时，也常常自称"酒仙翁李白"，比如那首《金陵与诸贤送权十一序》。任斯庵写过一首短诗《白下亭》，说的也是李白："金銮殿上脱靴去，白下亭东索酒尝。一自青山冥漠后，何人来道柳花香。"主动索酒，见出他对酒的深爱。即使在后人的文学记忆里，"金陵酒仙人"的印象也已经抹不掉了。

李白有一首诗题为："玩月金陵城西孙楚酒楼达曙，歌吹日

星冈饮兴

晚，乘醉著紫绮裘乌纱巾，与酒客数人棹歌秦淮，往访崔四侍御。"南朝诗人鲍照当年也曾经"玩月城西门廨中"，并写下"始出西南楼，纤纤如玉钩"的诗句，不过鲍照似乎没有喝酒，也就不如李白尽兴。李白在城西酒楼上赏月饮酒，通宵达旦，然后呼朋唤友，乘着酒兴，驾一叶扁舟，沿着秦淮河到石头城去拜访崔成甫。在明亮的月光下，这一群人招摇过市，两岸的人见了，都拍手大笑，看作雪夜访戴的王徽之。在这篇诗的题目中，李白提到他的服饰，"著紫绮裘乌纱巾"。"紫绮裘"大概是他经常穿的一件衣服，看样子也比较贵重。后来的一次，他在落星石附近遇到一个蓬池隐者，两人谈得十分投缘，李白就"解我紫绮裘，且换金陵酒。酒来笑复歌，兴酣乐事多"。这件衣服真的当酒喝了，可能再也没有赎回来，从此以后，我们在李白诗中就再也看不到这件"紫绮裘"了。李白在《将进酒》中高呼："五花马，千金裘，呼儿将出换美酒。"他饮酒意兴之高简直无人能比，他在南京的饮酒经历表明这番豪言壮语绝不是大话。

李白这次喝酒的地方叫作孙楚酒楼。酒楼因孙楚而得名，故址在今下浮桥下，西水关南侧，大概离今天的水西门广场不远。孙楚是西晋名士，年轻时立志高隐，直到四十多岁才出来做官，元康三年（293）就去世了。他从来没有在建邺做过官，平生足迹也没有到过江南。《世说新语》中有几则他的佚事，说他伉俪情深、恃才傲物、能言善辩、喜欢排调等，并没有说到他爱饮酒，更没有提到孙楚酒楼。他的孙子当中，孙统和孙绰都知名于东晋，也跟南京及六朝有关系，酒楼与他们是否相关已不得而知。有一次读到今人编的《金陵掌故》，上面说孙楚东晋时侨居金陵，常邀朋友到此饮宴，人们仰慕孙楚的才名，故以之命名酒楼。这种说法与年代明显不合，恐怕只是捕风捉影。也许，孙楚只是酒楼主人的名字，与晋代名士孙楚毫无关系，后人以讹传讹；也许酒楼名为"孙楚"另有隐情，事出有因，只是目前无法查实罢了。这就像在南京城西南花露岗上原四十三中校园内发现的阮籍衣冠冢。阮籍确是嗜酒如命，不过，他一生足迹也未到过南京，怎么会埋在南京呢？莫非是后代子孙怀念祖先，所以有此一举？或者是好事者的伪托？时过境迁，要说清楚既没有可能，也没有必要。

孙楚酒楼后来几乎成了酒楼的代名词。喝酒的人登上酒楼，就不免想起李白和孙楚，平添了一段风雅情怀。宋代王庭珪《和胡观光登酒楼》诗就这么写："李白夜登孙楚楼，楼中玩月苦淹留。"由于李白的关系，宋人周应合在《景定建康志》中干脆改称这座酒楼为"李白酒楼"。"客大压店"的事例并不少见，但"大"到连店名都一起攘夺而去，就匪夷所思了。明初，人们在孙楚楼旧址之上重建一座别致的酒楼，取名"醉仙楼"。这醉仙楼是洪武初年间京城十四楼之一，但民间乃至风雅文士仍然喜欢称之为"孙楚酒楼"。在这一楼名中，似乎重叠了李白和孙楚两个名人的身影。明人易震吉写了一首《清平乐》词，不说别的，单表"金陵美酒，孙楚楼中有"。直到清初，这座酒楼还矗立在秦淮河畔，于是"楼怀孙楚"被列为明清时代的金陵四十景、金陵四十八景之一。"李白当年醉此楼，楼旁花木尚清幽。而今过此荒凉极，后起愚园亦废丘。"这是民国张通之在《金陵四十八景题咏》中的描述，遗憾的是那时这座酒楼早已遭废弃，连后起的愚园也只剩下一片荒丘。

酒楼连同李白的风雅一起消失了，对于爱酒而又好古的人来说，这真是一大损失。不过，除了孙楚酒楼，他们还有一个可以怀想的地方，那就是杏花村。

不错，这就是杜牧诗中写到的杏花村。"清明时节雨纷纷，路上行人欲断魂。借问酒家何处有，牧童遥指杏花村。"自从这首诗问世以来，杏花村名气越来越大，像滚雪球一样。很多地方都想"沾光"，无论是出于商业的目的，还是基于文化的立场。由于杜牧诗中没有注明杏花村究竟在何处，就引起好事者的争论。有人说在安徽贵池，因为杜牧在那里做过两年池州刺史，诗也可能是在那里写的；有人说在山西汾阳，因为那里产酒；还有人说在湖北麻城。南京也加入了这场争论，但这时她早已失去了政治文化中心城市的地位，话语权自然也大大缩水。在这场争论中，南京没有获胜，也没有失败，权衡起来，还

杏村问酒

是得大于失，更重要的是，它说明这座城市有一种自觉的文化意识。

出身南京、被南京人亲切地称作"焦状元"的明代学者焦竑在《重建凤游寺碑记》中说，金陵杏花村遗址在乌衣巷及城南信府河以西，约在凤凰台一带。好古的焦状元没有追根究底，其实，金陵杏花村至少在宋代就出现了。宋人乐史在《太平寰宇记》中说，杏花村就在升州江宁县治之西，又说这里就是当年杜牧沽酒之处。南宋诗人杨万里在《登凤凰台》诗中也说："白鹭北头江草合，乌衣西面杏花开。"显然是写杏花村的景象。这就进一步支持了这座城市对于杏花村所有权的主张。元代有一支无名氏散曲《南吕一枝花》［渔隐］，其中有"昨日离石头城，今朝在桃叶渡，明日又杏花村"。这也明摆着是把杏花村当作一个实实在在的南京地名。到此为止，金陵杏花村已经积累了一笔相当丰厚的文化资本，连政治强权也不能熟视无睹。据说朱元璋军攻打集庆时，曾与元军在此决战，杏花村遭到严重毁坏。明朝建都南京之后，就重植杏花，旧日园池繁华一时。明人顾起元《园居杂咏》说："杏花村外酒旗斜，墙里春深树树花。"清初诗人余宾硕在《金陵览古》中曾描述杏花村"春时花烂如霞蒸，中多名园"。看来，这杏花村不但有花，而且有酒，一直到清初，仍是士女游集之处，盛况不衰。清代，"杏花沽酒"是金陵四十八景之一，名花、名园加上美酒，自然令人向往。嘉庆间，好事的陈文述编纂《金陵历代名胜志》时，又作诗一首："江南春雨梦无痕，沽酒旗亭白下门。一自樊川题句后，至今人说杏花村。"在他眼中，金陵杏花村俨然是杜牧诗的嫡传。

"烟笼寒水月笼沙，夜泊秦淮近酒家。"这是杜牧《泊秦淮》中的诗句。杜牧不比孙楚，他毕竟到过南京，对南京比较熟悉，按他风流倜傥的个性，很可能还在秦淮酒家里流连忘返。杜牧的"秦淮酒家"是否特指，我们不得而知，但我们至少知道唐代秦淮河边已有酒楼，除了孙楚酒楼，应该还有别的酒家。杏花村"落户"南京，当然也跟杜牧的这首诗不无关系。

孙楚酒楼也好，阮籍衣冠冢也好，金陵杏花村也好，从史实考据的眼光去看，最后的结论只能有一个。从文学、文化的眼光去看，事实真相也许并不那么重要，重要的是事实背后的文化心理和历史意味。中国文化史上有这样一批"好事者"，他们的身份非常复杂，有的是骚人墨客，有的是地方官员，有的是安土重迁的乡绅耆宿，有的是好古成癖的他乡过客，很多场合都能够见到他们的身影。他们痴迷于传闻佚事，并执着地传播描摹，并不吝惜郢书燕说、无中生有，也不在乎主观想象、添枝加叶。但是，历史却因而平添了人生趣味，文化因而陡增了几许分量。孙楚酒楼、阮籍衣冠冢以及杏花村之类的故事，也许就是这些"好事者"的文化创造。

说得深刻一点，这件事反映了金陵古城文化的包容力和创造力。这是一座消费文化的城市，更是一座生产文化的城市。它会利用自己的历史文化资源，发挥文化名人的效应，创造更多的文化资源，积聚更多的文化财富。现在有些人对这些文化遗产不以为宝藏，反以为累赘，打一个比方，这些人真连挥霍万贯家财的败家子也不如。书写至此，不禁掷笔长叹。

细数落花

北山输绿涨横陂，直堑回塘滟滟时。

细数落花因坐久，缓寻芳草得归迟。

——王安石《北山》

宋仁宗景祐四年（1037）夏季的一天，不满17岁的江西临川人王安石，跟着升为建康府通判的父亲王益，第一次来到了金陵城。此前，他虽未到过这个城市，对这个城市古代与近代的历史却早已了然于心。三百年六朝王气，钟毓于这座城市，略读经史的人都不会感到陌生。六十多年前，这里还曾经是南唐的国都，王安石的同乡先辈中，有一些人曾在南唐政权中做过官，对南唐金陵旧事十分熟悉，也常跟少年王安石讲起。时隔多年，王安石还记得这样一件事：在南唐宫廷中，潘佑与徐铉二人以文学齐名，不相上下。后来，潘佑因为直言切谏，招来杀身之祸。明哲保身的徐铉，则以降臣的身份，做了宋朝的散骑常侍。奉宋太宗之命，他编撰南唐史事为《江南录》一书，书中竭尽全力，替自己文过饰非，又无中生有，厚诬潘佑。多年以后，王安石凭着少年时代的这些记忆，毫不留情地揭发了徐铉的曲笔与虚伪。

王安石来南京不足两年，宝元二年（1039）春天，46岁的父亲王益一任未满，就突然病逝。王家没有按惯例扶柩返回临川，归葬故里，而是暂厝于江宁，九年之后，才正式将王益葬于牛首山，并请王安石的朋友曾巩作了一篇墓志。这么一件大事，王益生前看来已经做过安排。从此，王家就在金陵定居下来了。

古代士人为官在外，致仕之日，一般都是告老还乡，落叶归根；也有在最后一任所在地就地定居的，往往都有原因。有的是主观原因，喜欢当地的山光水色，乐不思蜀；有的是客观原因，比如遇上兵戈阻绝，或者由于经济上的原因，欲归不得。这类现象虽然不正常，也并不太罕见。宋代文人中，欧阳修喜爱颍州（今安徽阜阳）当地的风土，又有西湖之胜，曾与曾巩相约买田退居颍州，65岁退休那年，果然定居颍州，而没有到老还乡。像王益这样的一介书生，靠读书出仕，家乡临川本无田产家业，"无田园以托一日之命"，因此，每次在外地做官，都携妇将雏，实在是迫不得已。他遗嘱交代家属就地定居，恐怕也是情势所迫。对王益来说，做出这个选择，也许是很偶然的，甚或夹着不少无奈，但对这座城市来说，这却是一个幸运的机会。一个文学天才从此留在金陵身边，一支生花妙笔开始描绘这个城市的自然山川和人文风貌。

17岁到22岁，这五年的金陵生活，是王安石一生中最为难忘的。17岁以前，他是一个自负狂傲的少年，意气风发，充满才士习气。他自称17岁那年，才切实体会到"少壮不努力，老大徒伤悲"的道理，于是闭门谢客，下帷苦读，钻研经史，立志要做出一番大事业。他在后来的诗中曾经回忆当时的情景："材疏命贱不自揣，欲与稷契遐相希。"父亲的突然去世，对王安石不啻一声晴天霹雳："旻天一朝畀以祸，先子泯没予谁依！"他仿佛一夜之间成熟了。服丧期满不久，王安石就北上京师，并以一甲第四名的优异成绩考中进士，从此步入仕途。这一榜进士中出了三位宰相：王珪、韩绛、王安石，难怪南宋人叶梦得在《石林燕语》中感叹前所未有。

大概受从小经历的影响，王安石考中进士后，不贪恋清要的馆阁之职，而主动请求外任地方官。他从小跟随父亲，游历各地，本来对地方民情政治得失颇为了解，在不同的地方州县任职，也替他积累了政治经验，他的一套政治改革方案，就是在这一过程中酝酿成熟的。但他在其他城市待的时间，都没有在金陵这个地方长，对故乡临川，对他曾任职过的鄞县、常州等地，王安石都有留恋之情，可是，这些都远远比不上他对金陵的感情。"故园回首三千里，新火伤心六七年。青盖皂衫无复禁，可能乘兴酒家眠。"这是他在任京官时作的《清明辇下怀金陵》。远隔三千里遥望，在他的眼中，金陵是时常怀念的"故园"。"京口瓜洲一水间，钟山只隔数重山。春风又绿江南岸，明月何时照我还。"这是他第二次入相途中所作的《泊船瓜洲》。没有一踞朝堂便志得意满的骄矜，而是做好了归还故园山林的准备。他的故园是金陵，他的山林是钟山。

嘉祐八年（1063）八月，王安石的母亲吴氏在京师去世，十月，葬于江宁府蒋山，也就是钟山。43岁的知制诰王安石中断二十年的仕途生涯，回到江宁。这一次，他在江宁一住又是五年。先是守丧两年，从治平四年（1067）起，出任江宁知府。这期间，他在家收徒讲学，陆佃、龚原、李定、蔡卞等人，都在这时跟他问学。人到中年，多么难得的一段淡泊宁静。对王安石来说，这实际上是一段生命的沉潜，新的崛起爆发正在酝酿之中。熙宁元年（1068），新即位的神宗皇帝对王安石恩宠有加，将他召回开封，第二年伊始，就提拔他为参知政事。从此，高处风寒，险象环生，王安石步入了一生中最辉煌也最难忘的岁月。

熙宁三年（1070）冬天，王安石由参知政事拜相，这一年，他刚好50岁。"五十而知天命"。据魏泰《临汉隐居诗话》说，这一消息传来时，亲友僚属纷纷前来道贺，络绎不绝，王安石却避而不见，独自和魏泰躲在西廊的小阁中闲谈。忽然，他眉头一皱，沉思片刻，从书桌上取笔写了两句："霜松雪竹钟山寺，投老归软寄此生。"刚刚登上政治生涯的巅峰，就已经为未来做好了规划，真是身在朝堂之上，而心居山林之下。四年之后，熙宁七年（1074），王安石第一次罢相，回到江宁；次年二月复出，再次拜相；熙宁九年（1076）十月，再次罢相，重返江宁。最初，他还带着一个官衔"判江宁府"，通称以使相判江宁府。这是宋朝的制度，用《警世通言·拗相公饮恨半山堂》中的话说，"凡宰相解位，都要带个外任的职衔，到那地方资禄养老，不必管事"。第二年，王安石干脆把这职务也辞掉了。他一生最为悠闲的十年，就此开始。

退休以后，王安石似乎才开始考虑自己的个人生活。从年轻时代开始，他总是关注世事，专注于道德修养和文章学问的培育，而不在意小节，不修边幅，不爱换衣服，甚至不爱洗脸。传说他在扬州太守韩琦幕府的时候，经常通宵达旦地读书，有时候来不及洗漱，就急忙赶去堂上拜见太守，乃至引起韩琦的误解，以为他夜生活放荡无度，此事也流为后人的笑柄。这次退休后，他在江宁城东买了一块地，建成晚年的家园。这地方原来叫白塘，离江宁府东门七里，离钟山也是七里，正好是路程的一半，王安石给它取了个名字，叫半山园。他在这里盖了几间房屋，种了一些树，挖了一口池塘，算是定居下来了。在这里，他可以时时领略"一水护水将绿绕，两山排闼送青来"之类的山野景色，看得出来，他对这个地方很满意，他晚年诗作中写半山园的很多，有写晚春的《半山春晚即事》，有写岁暮的《半山岁晚即事》，有多达十篇的组诗《半山即事》，他感觉自己就像回到田园的陶渊明，那么从容自在。

从前人提到王安石的书法，都说他喜欢淡墨疾书，不着意求工，一看就知道是个大忙人，匆匆不及细书。其实，这纯粹是个人的书写习惯，朱熹、杨慎等人把它跟王安石卞急狂躁的性格联系起来，恐怕有点近乎深文周纳，甚至人格攻击。不过，王安石作为执政大臣，推行新法变革，身处风口浪尖之上，也容不得他心理上不紧张急躁，想要轻松下来，"是不能也，非不愿也"。退居钟山时期的王安石，远离政治风浪和漩涡，才第一次尝试了一种新的生活，一种优游从容的生活："细数落花因坐久，缓寻芳草得归迟。""青山扪虱坐，黄鸟挟书眠。"多么深婉不迫，多么宽舒闲适。如果再读他在嘉祐五年（1060）写给长妹王文淑的《示长安君》诗，就更能知道，他一贯是一个富有情感的人：

少年离别意非轻，老去相逢亦怆情。
草草杯盘供笑语，昏昏灯火话平生。
自怜湖海三年隔，又作尘沙万里行。

欲问后期何处是，寄书应见雁南征。

　　但人们对他的偏见太深了，这是政治家的王安石的深深的无奈，沉沉的悲哀。不说《拗相公饮恨半山堂》中的恶毒咒骂，单说宋人的诗话笔记，其中就有多少谣言，多少无稽之谈，多少蓄意的歪曲和攻击。例如邵博，他不仅作了一篇《辨奸论》，诬蔑王安石不近人情，更在《邵氏闻见后录》中编造故事，说王荆公在半山园使唤过一个老兵，帮他汲泉扫地，满意的时候当然赞不绝口，稍有不如意处，就勃然大怒，将他赶走。这无非是要把王安石描绘成一个喜怒无常的小人，给他脸上抹黑。又如，所谓王安石与谢安争墩的事。王安石的名与谢安的字恰好相同，幽默的诗人趁机跟古人开了一个玩笑。这就是他写的两首七绝《谢公墩》：

　　　　我名公字偶相同，我屋公墩在眼中。
　　　　公去我来墩属我，不应墩姓尚随公。

　　　　谢公陈迹自难追，山月淮云只往时。
　　　　一去叮怜终个返，暮年垂泪对桓伊。

故老相传，谢公墩就在半山寺附近。据说在宋代的时候，半山寺原名康乐坊，谢玄封康乐公，康乐坊恐怕是谢玄及其子孙所居，跟谢安无关。所以，也有人说谢公墩就是当年谢安与王羲之等人登临的高处。是在朝天宫一带。不管此墩在哪里，就王安石来说，这本来只是一次文人的风雅戏谑，那些无聊的人却借此攻击王安石小心眼，说他心胸狭窄，连古人也不放过，这除了说明他们心眼更小，心胸更狭窄之外，还能说明什么呢？

生活变了，诗也变了。王安石早年的诗文，以意气自高，喜欢标新立异，斩截峭劲。退居南京以后，他的诗风发生了明显的变化。王安石两次罢相前后，弟弟王安国和儿子王雱相继去世，这突如其来的狂风暴雨对王安石心理的打击，可能比政治坎坷还要严重。他晚年的心境渐渐转入平和冲淡，诗也变得平和冲淡，不再逞才使气，不再有《明妃曲》那样炫耀才学、锋芒毕露、议论透辟的长篇了。诗的篇幅也缩小了，他原来拿手的是七古长篇，现在似乎更喜欢小巧精严的律诗绝句。形式不同，诗艺却一如既往精湛，甚至炉火纯青。应该感谢南京，感谢钟山。如果说南京是诗意的城市，那么，钟山简直就是一首绝妙好诗。元丰（1078—1085）年间，魏泰去拜谒王安石，问起近来作诗情况，王安石答已久不作诗，因为按佛教的说法，赋咏也近于口业，但偶尔心有所感，情不自禁，仍作了一些诗。当即朗诵近作一篇："南浦东冈二月时，物华撩我有新诗。"东郊的山光水色，天宝物华，使他诗兴勃发，五十多岁的老人按捺不

谢墩清兴

住诗情的喷发，也顾不上什么口业，诗歌创作达到了一个新的高潮。这是王安石文学创作的另一个丰收期，在宋代诗人中，也许只有黄州时期的苏东坡差堪比拟。

北宋以来，历代都有人诬蔑、咒骂王安石，乐此不疲，仿佛不如此就不足以证明自己温柔敦厚，就不足以表白自己正统道义，但谁也不能否认王安石的文学天赋，谁也不能抹杀王安石的诗歌成就。早在嘉祐元年（1056），前辈欧阳修就赠诗给王安石："翰林风月三千首，吏部文章二百年。老去自怜心尚在，后来谁与子争先。"一方面高度称赞王安石的文才，另一方面期许他有远大的前程。从17岁以后，王安石似乎并没有把自己的文才太当回事儿。他在答复欧阳修的诗中曾坦白说过："他日若能窥孟子，终身何敢望韩公。"他的头等大事，是做一个济世安邦的大儒，而不是做一个文人。这一取向不由自主地影响了他的人生，影响了他执政期间的文学创作。当他作为政治家、作为执政大臣来思考的时候，他的想法可能就缺乏想象，甚至根本就没有诗意。据说，熙宁八年十一月十一日，王安石上奏，提出金陵山多地少，人烟繁茂，富者田连阡陌，贫者无立锥之地，建议泄去玄武湖水，开发可耕地。如此，从近的说，湖中的螺蚌鱼虾可以拯救贫饥之人；远的说，可以春耕夏种，有司按年收取水面税钱，可以增加公共收入。这个方案让我想起一位外国诗人的句子："草地上长满了鲜花，牛羊们来到这里，发现的只是饲料。"照中国本土的传统，这实在可以移入《杂纂》，列为煞风景的第一条。

　　这样煞风景的事，其实也不始于王安石，而且也是事出有因。天禧元年（1017），升州太守丁谓向上报告，前些年因岁旱水竭，玄武湖湖面已有76顷被充为民田。丁谓到任后，渐渐发现湖面萎缩，加重旱情，危及城郭，因而重加疏浚，修为陂塘，用以蓄水。在民生日困、土地紧张之时，废湖为田，虽然急功近利，不计长远，却实在也是无可奈何。这样的偏激之事，偶一为之，也许还可以原谅，毕竟动机是好的。罢相后的王安石，大概不必筹划这一类"民生大计"了吧。晚年的王安石似乎也恢复了诗人之身。这不是陶渊明所谓"觉今是而昨非"，也不是蘧伯玉所谓"行年五十而觉四十九年非"。也许，应该说这是王安石向文学的回归，向诗意人生的回归，向本来的自我的回归。为文学，为江宁，为王安石，这都是值得庆幸的。

　　风定花落，翩然回旋，其中的美需要久久静坐，细细数来。

叶落半山

叶落知秋。

在经历了人生的起落之后，老诗人王安石的心态平和了许多，但某些性格并没有完全改变，不过不是表现在生活上，而是表现在文学上。

拗相公王安石在文学上也是一个很倔强的人。他喜好谐谑，更好作对偶，好为集句诗，爱赌棋，赌诗，赌对，喜欢因难见巧，几乎从来不服输。有一则他与苏东坡赌诗的故事。据说王安石曾作诗："昨夜西风过园林，吹落黄花满地金。"苏东坡提出异议："秋花不似春花落，寄语诗人仔细吟。"王安石引《离骚》来反驳："朝饮木兰之坠露兮，夕餐秋菊之落英。"这是从吴可《藏海诗话》和曾慥《高斋诗话》等宋人诗话中就有的说法，一直在民间流传，还被添枝加叶，敷演成《警世通言》中那段《王安石三难苏学士》的故事。半山时期，在诗作中，他依然是一副争强好胜的样子。以前，他似乎爱作翻案文章，爱立意生新，现在，他还喜欢与人唱反调。他曾写过一首《钟山绝句》："涧水无声绕竹流，竹西花草弄春柔。茅檐相对坐终日，一鸟不鸣山更幽。"南朝诗人王籍《游若耶溪》："蝉噪林逾静，鸟鸣山更幽。"王安石故意反其意而用之。据说，王安石还集过两家南朝诗句："风定花犹落（谢贞），鸟鸣山更幽（王籍）。"在他眼里，"鸟鸣山更幽"无疑是秀句。从心底里，他是佩服的。只是，以他的性格，以他的诗学作风，他都不愿意循规蹈矩，跟在前人后面亦步亦趋。

《王安石三难苏学士》中说苏东坡被贬黄州，是王安石的意思，这当然是小说家言。事实是，元丰七年（1084）七月，苏东坡从黄州北还，途经金陵，在这里一待就是三个月。在江宁太守王胜之的陪同下，苏东坡专程来到半山园看望王安石，并一起游览钟山。王、苏二人同出欧阳修门下，熙宁年间，两人曾经同任京官，但彼此间的交往并不很多。这一次，两位文学大师终于有机会亲密接触，在一起盘桓了一个多月，长谈，出游，吟咏，唱和，加深了彼此的了解。时过境迁，仿佛两片天空，刚刚经历了风暴的洗礼之后，格外清明澄静。这两颗伟大的心灵顷刻之间就前嫌尽释、相互谅解了。苏东坡对王安石十分敬佩，读了《桂枝香·金陵怀古》以后，感叹："此老乃野狐精也。"离开江宁以后，苏东坡渡江到了仪征，寄来了一首蒋山记游诗。

王安石读后，拍案叫绝，特别称赞其中的两句："峰多巧障日，江远欲浮天。"慨叹道："老夫平生作诗，无此二句。"对真正的天才诗歌，他的推崇是绝无保留的。苏东坡别后曾两度来信，信中说到了同游的欣慰，说到了离别的惆怅，也诚挚地说出了自己的失望和希望：最初，他想在金陵卜居，便于随时与王安石往来，共同盘桓于东郊的山光水色之间。后来，又希望在仪征"求田问舍"，一旦如愿，那么仪征与金陵相距不远，扁舟往来也很方便。

终老钟山之下的建议，最初是王安石提出的。苏东坡有《次荆公韵四首》，其中和王安石《北山》的一首，提到这件事：

> 骑驴渺渺入荒陂，想见先生未病时。
> 劝我试求三亩宅，从公已觉十年迟。

然而，政治形势的汹涌浪涛，往往使人身不由己。苏东坡仍然处在政治漩涡当中，想抽身而退，并不那么容易。于是，文学双星的再度聚首，成了风波中的泡影。这是文学史上值得纪念的一次聚首，在七月金陵的薰暖中，它带来了几许凉爽。

"骑驴渺渺入荒陂"，诗人苏东坡是敏锐的，他的记忆也是可靠的：骑驴确实是晚年王安石的标准形象。起初，王安石偶尔也骑马出游，那匹马是宋神宗皇帝赐送的。元丰七年那场大病过后，老诗人元气大伤，后来马死掉了，他就专门骑驴。对这头驴，王安石堪称情有独钟。他曾写诗称赞此驴"唇比仙人亦未渐"，"临路长鸣有真意，盘山弟子久同参"。他从半山园到城里，或者到城外的定林寺，常靠这头驴子代步，"蹇驴愁石路，余亦倦跻攀"。本来，在唐宋人眼里，驴早已是诗人专用的坐骑。贾岛骑驴吟诗，郑綮说诗思在驴子背上，杜甫"骑驴十三载，旅食京华春"。陆游在细雨霏霏中骑驴过剑门，也感觉自己特别像一个诗人。作画的人，画到李白、杜甫，都不免在画面上添一只蹇驴，几乎是所谓"传神阿堵"。以王安石的身份和年岁，自然乘肩舆比较合适，也更舒服，但他却偏爱骑驴，这不只是装点风雅，他还有一个实在的说法："古之王公，至不道，未有以人代畜者。"原来这里面还存有仁者爱人之心。元丰年间，曾流传过一幅《荆公骑驴图》，出自名画家李公麟之手，黄庭坚看过这幅画，还写了一段题跋。骑在驴背上的诗人，形象究竟是什么样子的呢？据说是"著帽束带"。崇宁五年（1106），江西抚州府修建王安石祠堂时，也绘了一幅画像，并代代相传下来。画上的王安石戴着一顶帽子，带子系得好好的，看上去像一个普通的中国老农，真是其貌不扬。从画面来看，这或许就是李公麟那幅画的摹本。

想象九百多年前，从半山园到钟山的路上，一个衣着朴素的老者，骑在驴背上踽踽而行。他就是王安石。通过宋人诗话笔记的描述，当时的一幕幕情景浮现在我们眼前：王安石骑驴出门，总有一个牵卒负责牵驴，有时还有一个随从。一次，王定国好奇地问随从，王相公要到哪里去？随从说，如果牵驴的人在前面，就听牵驴的；如果牵驴的人走在后面，就听驴的。有时候相公要停一停，那就停下来，或者坐在松石之下休息，或者步入村野农舍，或者转到附近的寺院去，都不一定。每次出行，必定带上一袋书，有时骑在驴上诵读，有时休息中间诵读。又总是带一包干粮，自己吃不完的，就给牵驴的；牵驴的再吃不掉，就犒劳驴子。有时也吃些村野农人送来的羹饭。总之，他变成了一朵出岫的云，出本无心，行也没有定所。

元丰七年（1084）以前，王安石的游兴最高。他的足迹踏遍了这座城市，所到之处，常常题壁留诗，孙权陵、南朝九日台、东门白下亭、长干、台城、栖霞寺，都留下过他的诗句。有时在壁上见到故人的题诗，也禁不住感慨系之。有时，他也乘一叶扁舟，沿青溪，转潮沟、运渎，入秦淮河，再到城南的雨花台，或者到城西的清凉山、赏心亭。山边河畔，小桥流水，绿柳垂荫，春梅吹香，让他流连忘还。"覆舟山下龙光寺，玄武湖畔五龙堂"，也常常勾起他的怀古之思。王安石是很有历史感的人，不过，他晚年的怀古诗不如写景诗好。他有四首《金陵怀古》，其中写道："霸祖孤身取二江，子孙多以百城降。""山水

清凉环翠

寂寥埋王气，风烟萧飒满僧窗。""黄旗已尽年三百，紫气空收剑一双。"道理当然不错，话却说得比较质直，不如那些山水游览小诗，有景致，有情趣，还可以帮助我们在想象中重构南京的文化遗迹。

王安石去的最多的地方，还是城外的钟山。他特别爱这座山，心心念念都是钟山。《游钟山》四首之一："终日看山不厌山，买山终待老山间。山花落尽山长在，山水空流山自闲。"口口声声都是钟山。游山，或是独游，或是与友人结伴而来，无不有诗。《金陵郡斋偶作》："移床独向秋风里，卧看蜘蛛结网丝。"这是在乍起的秋风中，对着忙碌的蜘蛛，体会着投老归来的悠闲。在王安石眼里，钟山亘古如斯的悠悠白云，是与城市的万丈红尘相对立的，它代表着山林的清静，隐逸的高洁，代表着另外一种价值取向。在他笔下，钟山仿佛是陶渊明的武陵源。绿草如茵，山花烂漫，空水澄鲜，从稀稀落落的住家中，时而传来几声鸡鸣犬吠，衬托得四周更加宁静。他在《即事十五首》中描摹过这样的景象，他的黄昏岁月就沉浸在这样的景象中。

半山园不偏不倚，恰好处在山林与城市的中间地带，既在山中，又在山外，妙在若即若离。"半"是王安石精心选择的字眼，也是他晚年心理的一个象征。王安石似乎很喜欢这个"半"字。《戏赠约之二首》之一："城郭山林路半分，君家尘土我家云。莫吹尘土来污我，我自有云持寄君。"约之是王安石友人段缝的字，家住金陵府治东北青溪之上，离江总故宅不远。那是一个热闹的所在，多的是尘土与喧嚣，王安石有意避开了。不过，一个在政治风浪中搏击了一辈子的人，老去之时，恐怕也未能完全摆脱城市的尘土吧，虽然他更钟情的是钟山的白云。"割我钟山一半青"。只要一半，便显得谦抑冲退，绰有余地，在昔时的城市与今日的山林之间，便有了回旋进退的宽绰自如。

盛夏的一天，王安石从半山园骑驴出行，路上遇到来拜见他的提刑李茂直。王安石下了驴，就与李茂直坐在路边，很随便地谈了起来，这一谈就到了太阳西斜。李茂直叫手下打伞遮阳，日光正好漏射在王安石身上，李茂直赶紧叫手下把伞往王安石那边挪移一下。王安石不在乎地说："不必了。假如来世做了牛，还要在太阳底下耕田呢。"王安石晚年喜欢和僧徒往来，这话当然是佛家转世轮回的套语，不过也可以看出他的随适、洒脱和恬淡。

钟山一带，王安石最常去的是八功德水、法云寺和定林寺。定林寺始建于南朝，四周新松老柏，荫翳幽静，一道清泉从寺前潺潺流过，为山林平添佳致。山门前，寺僧新修了一条平路，游人寻访，可以免去屐齿之劳。王安石在寺里专有一间居

灵谷深松

室，叫作昭文斋。他平时常在这里读书，有时就借宿于定林寺中。这个时期，他往来的多是林下之士，包括不少名僧。其中有一位赞元禅师，是王安石早年的好朋友。王安石晚年住定林寺之时，稍觉烦躁，就去拜访赞元，二人相向默坐，大有王维诗所谓"安禅制毒龙"的意味。"我亦暮年专一壑，每逢车马便惊猜"。话是这么说的，可是他也说过，"尧桀是非犹入梦，因知余习未全忘"。看来，恬淡宁静的背后，也未必没有一些骚动。常常到佛寺参禅静坐，就能说明点问题。

有一次，王安石与老朋友俞秀老一起去半山寺。这一定是在元丰七年大病之后。这场大病使王安石元气大伤，神宗皇帝派太医来诊治，病愈之后，他将自宅半山园施舍为寺，皇帝赐额为报宁禅寺，又称半山寺。中午，王安石在半山寺里打盹，秀老偷偷骑了他的驴，去法云寺看望宝觉禅师。王安石发现后，就罚俞秀老作一篇《松声诗》。可惜，这样的风流韵事不能持久，过了一两年，王安石就去世了，埋在报宁寺即半山园附近。"黄鸟数声残午梦，尚疑身在半山园。"就这样，他永远留在了南京。请允许我这样望文生义：半山，报宁，这至少可以概括他的后半生吧。

因为政治的原因，他曾经被人咒骂，也因为政治的原因，他曾经被人遗忘。他的故居曾经长期不开放，后来渐渐开放了，可是去瞻仰的人太少。当年，王安石看到城东寺边的一丛菊花，曾说："不忍独醒辜尔去，殷勤为折一枝归。"今天，还有多少人有王安石这样的雅情深致？某个秋风萧瑟的黄昏，我独自站在半山园旧址前，禁不住伤感起来：王安石给这个城市的很多，而这个城市回报他的太少。

叶落知秋。也许，他根本上就是一个不求回报的人。

爱住金陵

南京是文学的宠儿。古往今来，文人墨客都爱把它挂在嘴上，历代诗词歌赋里关于南京的名句，今天还被无数人惦记着，耳熟能详。戏曲小说中，发生在南京的故事，说到南京的作品，也不少见。作为众多文学作品中的现实背景，南京是重要的；作为一幅想象的风景，南京是美丽的。无独有偶，清代最伟大的两部长篇小说，《儒林外史》和《红楼梦》，都以金陵为背景，隐的也好，显的也好，小说就这样多了一层文化底色，多了一种古典人文氛围。而在小说家的言说中，在小说人物的话语中，在山川风俗"此时无声胜有声"的表述中，城市也凸显出自己的形象，既有虚构的幻象，想象的旖旎，又有观念的印记和现实的质感。一个时代的色彩和心影，正是在这些地方凝聚，从这些地方闪现出来的吧。前代的优秀作品是后人回望过去的一扇窗户，我们从中看到了什么呢？

曹雪芹笔下的南京，仿佛是一段深沉而遥远的记忆。曹雪芹的少年时代是在南京度过的，此后渐行渐远，人事沧桑，世态炎凉，童年时对这座城市的印象越来越朦胧，也越来越美丽。记忆中那些繁华富丽的色彩，沉淀下来，洇化开去，涂饰出了"金陵十二钗"。迷人的记忆如环佩叮当作响，带着金陵特有的古色古香，迷离而怅惘。所有这些都是布景，仿佛在暗处，在后台，所以依稀迷蒙，让人浮想联翩，欲罢不能。相比之下，《儒林外史》中的南京，更有现实可触性。它的形象更鲜明，更完整，更贴近生活。这是小说审美处理的需要，也是作者个人生活体验的结晶。

对于南京，吴敬梓的态度是矛盾的。

《儒林外史》中写到南京，是从第二十四回开始的。从这儿开始，南京就成了小说人物的中心舞台。小说的后半部，基本上都围绕着这个圆心，有时，故事线索好像飘离了，越飘越远，绕了一大圈，最终还是回到这里，形散而神不散。这部小说的结构之"神"，就是南京这座城市。

话说有个姓崔的按察司，刚升到京里做了京堂，就病故了，他门下原来有个戏子，叫作鲍文卿，是个南京人，"在京没有靠山"，"只得收拾行李，回南京来"。写到这里，吴敬梓对南京有一段详细的描绘：

这南京乃是太祖皇帝建都的所在，里城门十三，外城门十八，穿城四十里，沿城一转足有一百二十多里。城里几十条大街，几百条小巷，都是人烟凑集，金粉楼台。城里一道河，东水关到西水关足有十里，便是秦淮河。水满的时候，画船箫鼓，昼夜不绝。城里城外，琳宫梵宇，碧瓦朱甍，在六朝时，是四百八十寺；到如今，何止四千八百寺！大街小巷，合共起来，大小酒楼有六七百座，茶社有一千余处。不论你走到一个僻巷里面，总有一个地方悬着灯笼卖茶，插着时鲜花朵，烹着上好的雨水，茶社里坐满了吃茶的人。到晚来，两边酒楼上明角灯，每条街上足有数千盏，照耀如同白日，走路人并不带灯笼。那秦淮到了有月色的时候，越是夜色已深，更有那细吹细唱的船来，凄清委婉，动人心魄。两边河房里住家的女郎，穿了轻纱衣服，头上簪了茉莉花，一齐卷起湘帘，凭栏静听。所以灯船鼓声一响，两边帘卷窗开，河房里焚的龙涎、沉、速，香雾一齐喷出来，和河里的月色烟光合成一片，望着如闻苑仙人，瑶宫仙女。还有那十六楼官妓，新妆袨服，招接四方宾客。真乃"朝朝寒食，夜夜元宵"啊！（第二十四回）

花团锦簇，夜夜笙歌，那种繁华热闹让人难以置信。第四十一回开头和中间，也有两大段描写。开头一段，专写四月半后的秦淮景致，游船河灯，看得人眼光缭乱。中间一段，专写秦淮新秋的另一番景致，写清凉山拜地藏菩萨的盛会，寥寥数笔，就勾勒出一幅栩栩如生的南京市井风俗图。

大而繁华，是南京给人的第一印象。就像近代以来人们爱说"大上海"一样，当时人爱说南京是"大邦"，换成现在的话，差不多就是"大南京"。在乡下人和那些初来乍到的外地人眼里，南京更是一个不折不扣的"大邦"。在小说中，盱眙的诸葛天申、天长的娄太爷、常州的沈琼枝，都这么说过。在这里住惯了的人，就是一般市井百姓，也能落落大方。大的方面不必说，小的方面，诸如言行举止、日常饮食，处处透着见多识广。第二十五回，戏子鲍文卿和修补乐器的倪老爹随便上了一座酒楼，听那堂官叠着手指，就数出了十几样荤菜，两个人不动声色，从容得很。而第二十八回，季恬逸随便叫了四个碟子，刚从盱眙县来的乡下人诸葛天申，竟有一半不认得，把香肠当作腊肉，叫海蜇作"进脆的"。这大概也算一种"文化震惊"（cultural shock）吧。见识不同，风度和做派自然就不一样。所以，城里的衙役差使之类，有时不免倚仗强势，狐假虎威，对乡下人吆喝恫吓，也是常有的事。第四十一回写到从扬州盐商家逃逸出来的沈琼枝，毕竟是见过世面的。前来抓她的两个江宁县的公差，咋咋呼呼的。沈琼枝毫不留情地挑破："你们这般大惊小怪，只好吓那乡下人。"

长桥艳赏

像这样一座大邦，真是五湖四海，各色人等都有。来来往往的名公巨卿、风流豪杰，川流不息的书生举子、诗客选家，加上十六院的姑娘，淮清桥和水西门一带的戏班，真是鱼龙混杂，熙攘热闹得很。市井当中，修琴的，补伞的，作竹扇的，鬻古书的，装字画的，刻木石墨迹的，应有尽有。书中的郭铁笔，本来是芜湖镌书的，后来到了南京；住三牌楼的倪老爹，是个修补乐器的。这些人身负一技之长，身份寒微，却纯朴温厚，古风犹存，在清贫生活中恬淡自足。他们的存在，使小说中的城市富有人情的温馨，使小说的读者和作者一起感受了城市亲切的一面。

在现实生活中，吴敬梓对他们是熟悉的。按顾云《钵山志》卷四的说法，在南京的岁月里，吴敬梓也曾经"闭门种菜，偕佣保杂作"，体会到城市生活的朴素和粗犷，体会到"佣保杂作"的可爱。南京的历史文化流播于寻常巷陌之间，就是引车卖浆、菜佣酒保者流，也不免沾染一些雅气，一些名士气。第二十九回写道，杜慎卿等人在雨花台顶上，"坐了半日，日色已经西斜，只见两个挑粪桶的，挑了两担空桶，歇在山上。这一个拍那一个肩头道：'兄弟，今日的货已经卖完了，我和你到永宁泉吃一壶水，回来再到雨花台看看落照！'杜慎卿笑道：'真乃菜佣酒保都有六朝烟水气，一点也不差！'"这是一句太有名的感慨，让这座城市铭记至今，住在这座城市的人们都乐于引用。

这句感叹中，最要紧的是"六朝烟水气"。六朝这一段历史和文化，本来是属于全中国的，至少是属于整个南方的，事实上，这段历史却格外顽固地吸附在南京这座城市身上，或者说，南京执着地垄断了这一部分文化遗产。六朝远去，城市犹在，在遥远的历史地平线下，六朝和南京时空莫辨，浑然一体。在传说中，在想象中，这座城市六朝化了，六朝的色彩越描越浓，进而成为南京的传统。古典的金粉，魅惑的色泽，散淡而潇洒，风流而靡弱，南京散发的这些气息，几乎无一不是从六朝开始沾上的。这使吴敬梓对南京有一种又爱又恨的复杂感受。爱它的风流以及多情，恨他的靡弱乃至堕落。第二十九回里，杜慎卿说过这样一段话："本朝若不是永乐振作一番，信着建文帝软弱，久已弄成个齐梁世界了。""齐梁世界"是南京脸上一块美丽的疤痕。它是一个骄傲，也是一个心病，正如西子之颦。其实杜慎卿说的正是吴敬梓的心里话。换成现实中的吴敬梓，指斥的语气可能更重一些。吴敬梓是豪杰之士，英爽之气逼人。在他眼里，杜慎卿虽然雅，"还带着些姑娘气"。这是他在第三十回里说的话。他偏爱有豪气的人，也偏爱有豪气的城市，可是他最终选择了住丽而多情的南京，这是一个矛盾的立场。

　　吴敬梓的选择，源自他对这个城市文化传统的偏爱。从古到今，在这座城市面前，很多文人情不自禁，竞相折腰。他们心

里清楚自己的偏执，而且毫不忌讳。赵翼说袁枚"爱住金陵为六朝"，林则徐《题杨雪樵（庆琛）金陵策蹇图》也说："官爱江南为六朝。"在他们眼里，"六朝"无疑是南京的闪光点。有意思的是，不管是本城人，还是外地人，人们似乎忘了六朝之后还有南唐。也许是因为大家觉得，二者的文化风格和历史意味如出一辙，六朝的光芒可以盖过南唐，可以涵括南唐，可以取代整个城市的历史，甚至可以取代整个中国的历史。余秋雨在《五城记》中写到南京，说："一个对山水和历史同样寄情的中国文人，恰当的归宿地之一是南京。除了夏天太热，语言不太好听之外，我从不掩饰对南京的喜爱。"他其实是把赵翼和林则徐的话翻译成现代话语。不同的是，他的赞扬是有保留的。说到底，这还是一个城外人的说法。像吴敬梓那样久居此地的，爱屋及乌，恐怕就想不到挑剔了。

在吴敬梓们看来，南京这座城市是不爱张扬的，她繁华的脸上还挂着昔日的矜持，绝无暴发户的俗艳。城市山林笼罩在六朝烟水里，历史内涵有了，文化底蕴有了，与众不同的风姿自然也有了。把南京与其他城市放在一起，它的古雅风和文化气更是不言而喻。

例如扬州。在辛东之、金寓刘这班穷酸的名士看来，扬州这座城市，多的只是盐呆子，有钱而可恶，轿里坐的债精，抬轿的牛精，跟轿的屁精，看门的谎精，家里藏的妖精，都是势利之徒。这个俗地方的人，浑不知道尊重文士诗人，书生季苇萧在扬州，也只能在盐商隔壁尤家做了倒插门女婿。这般落魄潦倒，当然让他们义愤填膺，禁不住要嬉笑怒骂。他们打定主意，将来也要到南京去。在他们眼里，南京这个地方文人雅士多，名公巨卿多，文化气氛浓厚，它的文化中心地位，周边城市自是望尘莫及。所以，第二十八回中那个自称一向在京、跟谢茂秦先生同馆的穆庵先生（宗姬），找上门来请季苇萧为其小照题词时，就说这小照"将来还要带到南京去，遍请诸名公题咏"。少了这一步，要名扬天下，看来就没什么指望了。第四十回，颇有文采的沈琼枝从盐商家中逃出来后，首先想到的是去南京卖诗为生："南京是个好地方，有多少名人在那里，我又会做两句诗，何不到南京去卖诗过日子？或者遇着些缘法出来也不可知。"你看，南京的文采多么迷人，南京的名士多么有号召力。

　　例如五河。第四十七回写到的这个皖北小县，在虞华轩眼里，也是一个恶俗之地，全然不讲诗礼，也一点不厚道，"这里的风俗，说起那人有品行，他就歪着嘴笑；说起前几年的世家大族，他就鼻子里笑；说那个人会作诗赋古文，他就眉毛都会笑"。虞华轩出身世家，博通经史子集，有一肚子学问，又精于诗赋文章，本该春风得意，意气风发，却被搞得十分没趣。到头来，他也只能和余家弟兄几个一起感叹，感叹这地方毕竟不是南京，"我们县里，礼义廉耻一总都灭绝了！也因学宫里没有个好官！若是放在南京虞博士那里，这样事如何行的去"！南京济济多士，南京有文化品位，让皖北小县的才人学士仰慕艳羡。

例如天长。在这里，杜少卿本来是得意的，那是靠了他的钱财。等他乐善好施，慷慨助人，没多久就把祖传的家业荡光之后，飞短流长就不胫而走，使他难以安身。最后，娄太爷劝他去南京，只因为"南京是个大邦，你的才情到那里去，或者还遇着个知音，做出些事业来"。只有南京这样一个大地方，容许他消释千斛才气，挥霍万丈豪情。果然，杜少卿到了南京以后，在利涉桥附近找了一所河房，慢慢地，就结交了一些知音同道，声气相求。到了三月下旬，请客吃饭，客人到齐，将河房打开，"众客散坐，或凭栏看水，或啜茗闲谈，或据案观书，或箕踞自适，各随其便"，好不潇洒。这种生活，在天长是不可想象的，而在南京，特别是在秦淮河畔，大家早已司空见惯，安之若素，一举一动，都透出萧淡从容的风致，透出追求艺术人生的六朝气。

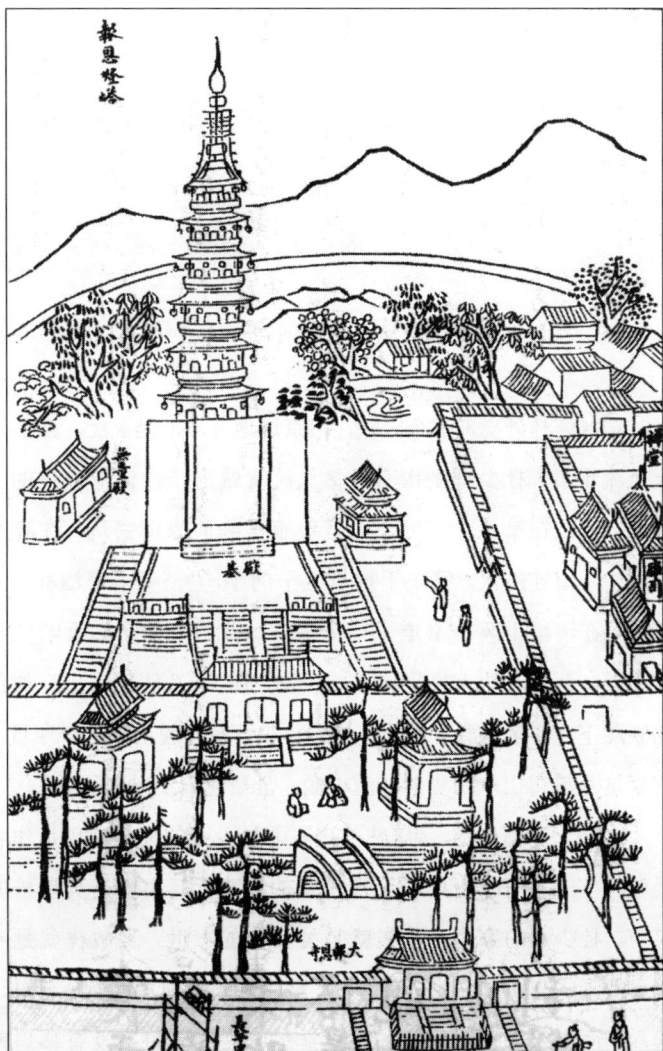

报恩灯塔

名士风流

在《儒林外史》那个时代，南京这地方多的是名士，当然不乏风流雅事。杜少卿到南京没多久，就做出一件惊世骇俗的雅事来。这是在第三十三回，他陪着娘子到清凉山去玩，在春光融融中，留连痛饮，又一手携着娘子的手，"一手拿着酒杯，大笑着，在清凉山冈子上走了一里多路。背后三四个妇女嘻嘻笑笑跟着，两边看的人目眩神摇，不敢仰视"。在清凉山山光树色的映照下，在融融春光的照耀中，杜少卿超凡脱俗，光彩夺目。南京这座城市山水历史的风流内涵，全被他激发出来了。

想必大家都知道，《儒林外史》中杜少卿的原型，正是作者吴敬梓本人。清凉山冈子上那快意的笑声，其实就是吴敬梓的笑声。杜少卿的家世，其实就是吴敬梓的家世。吴敬梓就是不计贵贱，广交朋友，仗义疏财，才被宗族长辈兄弟歧视、倾轧、排斥，而不得不移家南京的。我常想，吴敬梓如果没有移居南京，恐怕就写不出《儒林外史》。摆脱了旧籍、旧环境的羁束，呼吸着南京这座城市的风流气，吴敬梓感到轻松自由，没有什么东西让他舍得离开。

小说第三十四回，杜少卿得悉征辟的文书到了，急忙装病，躲掉这顶快要落到自己头上的乌纱帽。他向娘子解释道："放着南京这样好顽的所在，留着我在家，春天秋天，同你出去看花吃酒，好不快活！为什么要送我到京里去？假使连你也带往京里，京里又冷，你身子又弱，一阵风吹得冻死了，也不好。还是不去的妥当。"作为"南邦""南都"，南京虽比不得北京，但总是逍遥自在，且不必受那么多风寒，也没有那么多清规戒律。在杜少卿眼里，这里"好顽""快活"，有自由，能潇洒。在这里，他可以时常和娘子上酒馆吃酒，虽然有人不太理解他这种"风流文雅处"，他浑然不去理会。他可以坦然地同沈琼枝交往，不像一般俗士，不是把沈琼枝当作倚门之娼，就是疑为江湖之盗。这就是他的名士气和风流气。

跟杜少卿合得来的都是这一类风流名士。一个是庄尚志。庄尚志上京应征辟，风光了一回，最后还是"恳求恩赐还山"，皇上赐玄武湖给他著书立说。回到南京后，他连夜搬到玄武湖上去受用。从此，他住在玄武湖中洲上，常常闭门谢客，只与娘子凭栏看水，并坐读书，宛如武陵仙人。另一个是虞博士。杜少卿称他"襟怀冲淡"，"不但无学博气，尤其无进士气"。虞博士中进士后，本可以留在京里做一个翰林的，却不求闻达，只要遂其心愿，在南京做一个国子监博士的闲官，与家室团圆，过布衣蔬食的生活。明成祖迁都北京之后，南京就成了留都，留都各部的官员，通称为南曹。这南曹一向是闲职，正好一面做官，一面消受风流文雅，除了南京，怕是没有更合适的地方了。有这些人相伴，杜少卿或者说吴敬梓不会感到寂寞。

这些风流名士在南京做的头一件大雅事，就是祭泰伯祠。这事最初由迟衡山首倡，杜少卿一口赞成，两省名流，一时贤士，争相支持。祭礼的经过，第三十七回写得很详细，读者诸君切不可等闲视之。在现实生活中，吴敬梓曾经集合志同道合之士，在雨花山麓建先贤祠，为了筹措资金，他不惜卖掉家乡的老屋。到了小说中，先贤祠变成泰伯祠，而文化意义不变。泰伯是教化江南的第一人，也是南京第一个贤人，立祠献祭，主要是为了重修礼乐，寄托当事人复兴古学的愿望。这场典礼声势浩大，主祭的虞博士，亚献的庄征君，终献的马二先生，引赞的迟衡山、杜少卿二位，加上负有各种责任的、奏乐的、跳舞的，"通共七十六人"。参祭的人个个古貌古心，所用器物也都古色古香，仪式乐曲更是古意盎然。围观的老人叹为观止，说在南京活了七八十岁，从不曾见过这样的礼体。很多年以后，江南人对这场祭礼盛典还津津乐道，亲历此事的不免引以为傲人的资本，没有赶上这一盛典的自然遗憾万分。

祭泰伯祠前后，是南京人文鼎盛之时。这"京师"之城里，有这么多雅士聚在一起，高尚其志，根本不把科举仕进放在眼里，也不在意自己的贫寒落魄。以虞博士、庄征君、杜少卿、迟衡山等人为中心，他们经常聚会，形成一个群体。他们相互接济，互相通融，古道热肠，很有一些让人感动的细节。在小说中，这是一段最令人怀想的日子。还原到现实里，它反映的是吴敬梓在南京生活最愉快、最难忘的一段时光。可惜好景不长，风流易散。等到第四十八回，王玉辉从水西门上岸，在牛公庵住下，开始寻访这批名士时，那"虞博士选在浙江做官，杜少卿寻他去了，庄征君到故乡去修祖坟，迟衡山、武正字都到远处做官去了，一个也遇不着"，名士散尽，名城仿佛成了一座空城。"曲终人不见"，一种苍凉的氛围渐渐包围了这座城市。

人海茫茫，吴敬梓一到南京，就在儒林中寻找自己的同类。他还睁大眼睛，寻找市井中的奇人。这是现实的需要，也是小说艺术的需要。也许前二十四回写的假名士、假诗人、势利乡绅、奸诈官吏太多了，儒林一片乌烟瘴气，简直让人透不过气来。奇人的出现，仿佛一阵清风，带来了新爽的呼吸。他先找到了凤四老爹。这凤四老爹是一个豪侠之士，身负武功，疏财仗义，代友求名，抓骗子，比武，讨债，都不是文弱书生所能做成的。他的原型是清初的甘凤池，一个很有传奇色彩的南京籍武术家。据说他精通内外家拳，名扬一时，江湖上称为"江南大侠"。吴敬梓把甘凤池改名为凤鸣岐，凤鸣岐山，一股神异之气扑面而来。这个奇人的出现，使小说中的儒林多了一股英豪刚健之气，足以振奋江南士气。最后一回添写的"四客"，也是吴敬梓发现的市井奇人，高山流水，寄托知音。这"四客"一个是会写字的，叫作季遐年，自小无家无业，总在寺院里安身；一个是卖火纸筒子的，却下得一手好围棋，叫作王太；一个叫作盖宽，本来是开当铺的，后来靠开茶馆谋生；还有一个荆元，在三山街开着一个裁缝铺，弹着一手好琴。这四位琴棋书画，各有所长，虽然厕身市井，操"卑贱"之业，却葆有至情至性。卢前《冶城话旧》中写到清末琴师王宾鲁，就是荆元一类的奇人。他流寓南京，身作道装，每天到梅庵焚香弹琴，一曲终了，便即离去，数年如一日，令人尚想古贤。在贤人君子散去之后，这些奇人就是南京城里的真名士，他们保留着这座城市的六朝气和名士气。

有真名士，就有假名士；有真雅，就有俗雅。假名士附庸风雅，其实就是假雅真俗。萧山莺脰湖诗会上的那些名士，都是些冒牌货，简直雅得俗不可耐。那个拿猪头冒充人头行骗的假侠客张铁臂，其行径更近于讹诈了。这类事不发生在南京，不等于说南京没有恶俗的人和事，只不过吴敬梓落笔之时，手下留情罢了。须知当时南京纺织业发达，往来丝商络绎于途，城里的丝行也不少。商人唯利是图，十六楼娼家见利忘义，怎么免得了势利和铜臭？娼家中有来宾楼聘娘那样的庸俗势利之人，丝行里有毛二胡子之类的骗子，市井当中也有龙三那样的喇子，写到贡院和娼家时，自然无法回避这样的世风。不过，吴敬梓只是拈出几个典型，轻轻一点，显然没有用力写。也许在别的城市，他写得太多了，也许他不想破坏心目中的南京形象吧。第四十二回写汤由、汤实两人科场考试一节，算是比较详细的。这两个贵州总镇都督府的少爷，从扬州上南京贡院赶考，"带着四个小厮，大青天白日，提着两对灯笼：一对上写着'都督府'，一对上写着'南京乡试'"，只知道讲排场，何曾知道用功。考前在扬州狎妓，考后又迫不及待去玩戏子，这副名士派头，当然是假的。这两个假名士是外地来的，是匆匆过客，跟久居本地的名士不好比，更不能算作南京的名士。本地名士的作为，不必说祭泰伯祠那样的盛典，就是莫愁湖湖亭大会，也与莺脰湖诗会不可同日而语。杜慎卿也不是本地人，可是毕竟在这里待得久了，所以才有化俗为雅的创意：与众名士一起，参照评文的做法，品定各家戏班子中色艺双绝的名角。这件事轰动一时，使杜慎卿名震江南。发生在六朝金粉的南京，又有六朝佳人所居的莫愁湖作背景，人和事就格外相宜，显得特别雅。

享受自由和潇洒，是要付出代价的。无论是小说所设定的嘉靖时代，还是吴敬梓所生活的康乾盛世，在南京这个大地方生活，都不是一件轻松的事儿。一旦城市露出冷酷的面目，那也是够狰狞的。季苇萧对此体会很深。他颇有江湖道义，送了鲍廷玺一笔盘缠，让鲍回南京老家。季苇萧有个同乡季恬逸，同姓而不同宗，当日两个人一路离开安庆，出来谋生，流落到南京。季恬逸一介书生，毫无背景，百无一用，南京对他来说当然"居大不易"。所以，季苇萧叮嘱鲍廷玺道："姑老爷到南京，千万寻到状元境，劝我那朋友季恬逸回去。南京这地方是可以饿的死人的，万不可久住！"每次读到这里，我都不寒而栗。

"长安米贵，居大不易"，这是当年顾况对白居易说的话。我们也许觉得他有点小题大做，或者半是开玩笑。白居易也用才华证明，顾前辈确实有点杞人忧天。就吴敬梓来说，小说中的这句话绝非危言耸听，事实上，这是他饱经沧桑的辛酸语，是历尽苦难的痛心语。吴敬梓移家南京以后，跟杜少卿一样，初时还好，后来床头金尽，日子越来越难过，正如程晋芳《寄怀严东有》诗中说的，"囊无一钱守，腹作千雷鸣"，"近闻典衣尽，灶突无烟青"，不免要卖书换火，亲自劳作，严寒之夜，没钱买炭取暖，只好"邀集朋友，绕城步行几十里，以此取暖，谓之暖足"。不知情者在一边赞叹：好一番风雅！知情者只有满腹辛酸。当年，吴敬梓体会过城市温文尔雅的暖意，此时，他正承受着刺骨的寒风。

《儒林外史》终篇是一首词，调寄《沁园春》：

记得当时，我爱秦淮，偶离故乡。向梅根冶后，几番啸傲；杏花村里，几度徜徉。凤止高梧，虫吟小榭，也共时人较短长。今已矣！把衣冠蝉蜕，濯足沧浪。　　无聊且共霞觞，唤几个新知醉一场。共百年易过，底须愁闷？千秋事大，也费商量。江左烟霞，淮南耆旧，写入残编总断肠！从今后，伴药炉经卷，自礼空王。

这阕词是风流名士的自白。梅根冶啸傲过了，杏花村也徜徉过了，没有枉来南京一场，还有什么遗憾的？吴敬梓最后客死扬州，归葬南京。他的墓，有人说在清凉山脚下，有人说在凤台门附近，总不离秦淮河边。这才见得当初的"我爱秦淮"不是一句空话。

天坛勒骑

有"足"自随

袁枚可能很早就感觉到了：南京是他的福地。

1737年，袁枚22岁。上一年，他入都应博学鸿词科考试，科场失利，羞于言归。这一年，困顿京华的袁枚遇上了一位叫作田古农的金陵好人，田古农对他嘘寒问暖，沽酒慰劳，令袁枚感念不已。这可能是他与南京的第一次幸运的结缘。五年后，27岁的袁枚以翰林庶吉士外放，出任南京南郊的溧水知县，翌年，改任南京北郊的江浦知县，在南京正式开始了他短暂的仕途生涯。又过了两年以后，年甫而立的袁枚从沭阳知县调回江宁任知县，真正开始为官白下。这时候，他那位金陵恩公田古农早已作古，不过，另一位恩公尹继善却正在两江总督任上，权势赫赫。尹继善是袁枚朝考时的阅卷官，很赏识袁枚的才华，一直对他知遇有加。有这样一位顶头上司"罩着"，袁枚当然如鱼得水。不过，这时恐怕连他自己也没有预料到，他会选择卜居南京，并且在退出官场之后，终生流寓于此，成了18世纪乃至两千多年南京城市史上最有名的寓公之一。

在退出官场之前，袁枚是一个勤政爱民的县令。公事之暇，他挥洒闲情逸致，不免流连山水，吟赏烟霞。六代衣冠，十里秦淮，对袁枚来说，这里的一切都显得那么亲切，那么自然。从北门桥往西差不多两里路，就到了秀丽的小仓山。这是清凉山的余脉，在这里分成南北两岭蜿蜒向东，中间夹着一片狭长的谷地，点缀着清池水田。那些低洼地带便是当年的河道，当地人称为干河沿。在小仓山北峰附近，野草杂花簇拥着几间屋宇和酒肆，几段颓壁残垣竖立在斜阳里——这便是隋园，康熙时代曾经盛极一时的园林。据说隋园本名曹家花园，是曹雪芹的叔父、曾在南京当过江宁织造的曹頫的园林。曹家被抄没后，花园落到新任江宁织造隋赫德手里，不久，隋赫德也被雍正抄家，当袁枚到来的时候，隋园只剩一派荒野寥落的景象。隋家后人无心修治，正想找个买家脱手，只索价三百两银子，确实不太贵。袁枚得知消息后，当机立断，用自己积累的俸禄收入买下这一块地，并重新整治修筑，同时把隋园改名随园。后来的事实表明，这三百两银子是极其明智、绝对超值的投资，不管对袁枚，还是对南京。

这件事发生在袁枚就任江宁知县的第三年。32岁的县令为得到这块园地欢喜不已。对他而言，随园是与衙门截然不同的另一种生活空间，也意味着与官场迥然不同的另一种生活方式。如果要在官场和园林二者之中选一，他肯定舍弃官职。在这一年自作的一首诗中，他就说过："异日将官易此园。"这句诗表露了他的心迹，也提前宣布了江宁县令的人生规划。实际上，以官俸购买随园，已经是一次"将官易此园"的尝试，只不过是以金钱交易的方式完成的。这个年轻县令的一次看似偶然的求田问舍，改变了他此后大半生的人生道路，改变了一座废园的命运。这座新的名园的诞生，改写了南京城市的文化地图。

园地到手之后，袁枚便着手整治，费了很大心力。这项工作贯穿他的一生，园林规划整治成为他重要的生活内容，甚至成为他的日常关注和长年爱好。他根据随园的地形进行园林规划，在高处建起一座江楼，可以眺望长江，在低处修建溪亭，小桥流水，可供游赏，亭台楼阁，回廊曲折，假山隐没，花木掩映。前前后后，袁枚都亲自参与。他在园中广植梅花，最多时达到七百株，规模盛大，成为随园一景，也成为当时南京风雅之士的一处赏梅胜地。在最初三五年的兴建营造中，木匠武龙台出力最多，亭台楼榭大半出于他的手，他死后，袁枚把他埋在随园西偏，长久纪念这位建园功臣。袁枚的友好、弟子，也纷纷为随园出力，献计献物。没几年工夫，一座倾颓的园林焕然一新。按袁枚诗作中的描写，随园有二十四景，在山中的有仓山云舍、小眠斋、绿晓阁、盘之中、小栖霞，在水边的有双湖、回波闸、澄碧泉、渡鹤桥、香界，还有竹影横斜的竹请客、柳丝袅娜的柳谷、梅香成阵的群玉山头、柏林环绕的柏亭，等等。面对这样一座充满诗情画意的园林，袁枚抑制不住内心惬然自足的得意。他把多年来搜集的文物古董，杂然陈置，优游其间。这里离城不远，悠然人境，却没有车马的喧嚣，袁枚充分享受到城市山林的乐趣。

袁枚初次享受这份悠然人生的乐趣之时，还只有33岁。那是他购入随园的第二年秋天，他以母亲年老生病为由辞去官职，带着一家老小住进随园。这样清闲的日子一过就是三年多，四年后，他再次入都，改官任职陕西知县。这次出山，袁枚本来就有些无奈，碰上当时的陕甘总督黄廷桂话不投机，对他颇为冷淡，他更坚定了辞官引去的决心。"云无心以出岫，鸟倦飞而知还。"这年秋天，父亲病逝，袁枚终于有了一个恰当的引退理由，丁忧还家，这次"昙花一现"的复出就此终止。37岁的袁枚从此奉母山居，再不出山了，清闲的山人从此开始了另外一种忙碌的人生。桐城诗人程宗洛羡慕地说，"八千里外常扶杖，五十年来不上朝"，说的就是这种既忙碌又清闲的生活。

"富贵敢如闲有味，聪明也要福能消。"说这话的是老朋友赵翼，他是理解袁枚的。说起来，袁枚真是有福的人。他生活于康乾盛世，可谓生逢其时。南京是江南富庶之区，又是他的福地。袁枚在遗嘱中回想平生，将自己与苏东坡对比，深感庆幸。

谁也不能否认，苏东坡是一个大文豪，但他却"一生不得文章力"，频频因文字而获罪。袁枚恰恰与他相反。当年，他开始归居随园的时候，薄宦数年，扣除购园所费和日常花销，并没剩下多少积蓄，但少年名士的声誉和文学才能，很快为他开拓财路，带来源源不断的收入。他为人撰写行状、传记、碑铭，从达官贵人以及盐商巨富身上，赚了大把银子。这为他退居林下、逍遥五十年打下了重要的经济基础。

在南京的袁枚俨然一位"福将"，福至心灵，酣畅淋漓，将一己才性发挥到极致。刚过而立之年，他就以南京为据点，以随园为舞台，演出自我设计的那出人生戏剧。据他的同时代人孙星衍在传记中描绘，袁枚"长身鹤立，广颡丰下，齿如编贝，声若洪钟"。随园先生长袖善舞，富有表演才能，跟他的这种形象是很吻合的。在正式登上这个舞台之前，他已经积累了多种表演资本。首先是前任父母官的资历，其次是越来越大的文学声名。他利用自己的声望和文才，呼朋唤友，时常聚会随园，歌咏雅集，揄扬鼓吹，多年以后，一个以随园为中心的江南坛坫悄然成形，随园先生的声誉也越来越隆。无论是本地官绅，还是路过南京的达官贵人，都乐意附庸风雅，抢着赠诗呈稿，唱酬次韵，想方设法挤进这个圈子。袁枚晚年有过一次统计，他收到的海内诸公投赠之作，已经多达1900多首。至于后生诗人，更是趋之若鹜，到随园朝拜宗师几乎成了进入诗坛的一个重要仪式。袁枚也不遗余力，点评揄扬，广开门庭，提携后进，门下弟子众多，名公钜卿，青衿红粉，遍及各界，其中最遭时人非议的是随园女弟子。在当时的卫道士看来，这明显有违封建礼教的男女大防，即便在今天看来，也只好说袁枚过于"思想解放"、行为超前。好朋友赵翼跟他开玩笑，说他"结交要路公卿，虎将亦称诗伯，引诱良家子女，蛾眉都拜门生"，"虽曰风流班首，实乃名教罪人"。朋友间的戏谑，袁枚当然不会认真。不过，当时确有以章学诚等人为代表的一批人，对随园才子的这类行径忍无可忍，大张旗鼓，口诛笔伐，指为不折不扣的轻薄放荡，骂成地地道道的名教罪人。袁枚对这一类谤议，不知多少次拍案而起，愤然反击，到后来听得多了，便懒于一一理会了。

这些谤议最终没有给袁枚带来什么麻烦，多亏袁枚有"人脉"。他既善于利用老"保护伞"，又善于拓展新的"人脉"资源。他很注意跟历任两江总督以及从巡抚到知县的各级地方官僚搞好关系，几乎每一位新任两江总督来，他都献诗称颂，或者以自己出色的骈文功底，代他们草拟重要文字，为他们撰写传记、行状、碑铭之类的文字，联络感情，加深关系。这里面最关键的人物要算尹继善。乾隆时代，袁枚的这位恩师四次出任两江总督，对老门生的照顾无以复加。当然，袁枚代他草拟以及为他撰写的文字也不少。有这个位高权重的恩师做后台，袁枚大可以"有恃无恐"。总的来说，袁枚与地方官府的关系是不错的，他54岁那年发生的"逐客"风波是一次例外，归根到底，那也只能说是有惊无险。出身宰相门第、同时也是清代著名书法家的刘墉到任江苏太守时，可能是听了上面提到的那些风言风语，加上袁枚居然不主动来拜谒，颇为恼怒，准备下令将袁枚赶出随园。袁枚在写给其弟袁树的诗中说："白下蹉跎二十霜，正愁无计理归装。果然逐客真吾福，如此西湖在故乡。"这当然是无奈沮丧之余，唱唱高调而已。不过，袁枚后来还是应约为刘墉精心代作了一篇《江南恩科谢表》，两人关系重归于好。刘墉升迁离开江苏时，袁枚还作了一首长诗送行，给他大唱赞歌。随园保持了一贯的风雅清名，主人的日子更是一天好过一天。

在南京的城市传奇中，从来不缺少流寓人才的故事。作为古都之城，南京对外来人特别有吸引力，原是很自然的。袁枚初到南京写的《抵金陵》诗中，也有过这样的感叹："地有皇都易得名。"不过，他在随园定居的时候，南京早已不是皇都，有的只是一段段破碎的"皇都"记忆。在这些历史记忆中，袁枚最在意的是六朝。他还只有15岁的时候，就在《春柳》诗中写过这样的诗句："旧雨吹来似六朝"，对六朝早就情有独钟。"才子合从三楚谪，美人愁向六朝生。"六朝有美人，又多才子，难怪最合他的心意。他的文章也是六朝式的，《清史列传·文苑传》称其"骈文抑扬跌宕，深得六朝体格"。他的诗歌最喜欢装点六朝典实，《陈情表》《北山移文》《闲居赋》《悼亡诗》《高士传》《郊居赋》，这些六朝名篇中的典实也常常被他挪借来自我抒怀。东山谢安、南朝袁安，那是他颇为自鸣得意的身份自比。他宣称随园便是当年"谢公墩"的所在，他整日优游踏足的，就是当年谢安、王安石两人芳躅曾经之地。话是这么说，在住进随园很多年以后，袁枚仍然有一个放不下的心理挂碍，那就是杭州，那个住过白居易、住过苏东坡的城市，那个有着西湖、有着苏小小的城市，那个故居所在、祖坟所在的城市。54岁那年，他征得母亲和家人的同意，决定葬父于随园之内，这表明他最终下决心终老于随园。"我取西子湖，移在金陵看。"他安慰自己，随园中不是仿照了西湖的景致吗？江外帆影掩映的莫愁湖，不犹胜过西湖吗？苏轼当年曾经说过，"我本无家更安往，故乡无此好湖山"。那恰好说的是袁枚的故乡，不好借来应对，否则便唐突了杭州。比较好的应对，倒是史家诗人赵翼那句富有历史内涵的话，"爱住金陵为六朝"（《读随园诗题辞》）。

据说，隋文帝杨坚为北周相国时，其封国之号原是"随"字，称帝以后，鉴于南方的宋、齐、梁、陈和北方的周、齐诸朝走马灯似的换个不停，生怕新朝也重蹈覆辙，容易败亡，特地去掉一只"足"（"辶"），改成"隋"字。袁枚则把隋园改成随园，正好与隋朝反其道而行之。中国人向来重视文字形式，必也正名。这个加上"足"（"辶"）的"随"，似乎象征了一种对世事的散漫、对生活的随缘而安的潇洒态度。有足方可游荡，所以袁枚离开官场，走向社会，追求闲散的人生；有足方能奔逸，所以袁枚有放荡的文风；有足方能优游，所以袁枚60岁以后还多次漫游东南各地，广播声名。袁枚两个儿子分别叫通、迟，也都有一只"足"，莫非也不是偶然？或者是冥冥之中的巧合？隋和随，正好形成了饶有意味的对照：政治追求沉稳持重，人生向往轻松通脱。

从34岁到55岁，这二十多年间，袁枚写了六篇《随园记》，对"随"园之义，从方方面面做了详尽而权威的阐释，却没有解释到这一点。这也太随意了吧？

祖堂佛迹

痴人说梦

这是一段有关李香君的故事，吟风阁主人、无锡才子、剧作家杨潮观所述，随园先生、钱塘才子、诗人袁枚所写。一个佳人，两位才子，相隔差不多两百年，在南京结成一段奇妙的文字因缘，两个才子为此还闹了一场不大不小的风波，可以称之为"李香君荐卷公案"。

话说乾隆三十五年（1770），当时还在四川邛州当太守的无锡人杨潮观来到随园。杨、袁两人是几十年的老朋友，相处颇为投缘。就在这一年前后，杨潮观还特地从邛州寄来银子三百两（这是当年袁枚把随园买到手的价钱），托袁枚在金陵买一处住宅，打算与袁枚结伴终老南京。这次因公东来，自然要到随园探望，老朋友暌违多年，见面自然无话不谈。杨潮观讲了一段亲身经历的事。

十八年前，也就是乾隆壬申年（1752），41岁的杨潮观正在河南固始县当知县。那一年河南乡试，他出任同考官。考卷看完、等待发榜的那一天，他在闱中翻阅一些落选的卷子。大概是连日劳累，有些倦怠，他居然趴在桌上睡着了，还做了一场梦。他看到一个约莫30岁的淡妆女子，穿着一条黑里透红的裙子，乌巾束额，个子不高，可是面目疏秀，一看就是江南人的模样。这女子走到杨潮观床前，揭开帷帐，低声对他说："有一份'桂花香'的卷子，求您千万帮忙，拜托了。"说罢，那女子就不见了，杨潮观在讶异之中惊醒过来。他把这事跟其他同考官说了，大家都笑话他，说快发榜了怎么能再举荐卷子呢。他也认为他们说得有道理，不过心里仍然开始留意起来，果然看到一份落第的卷子上面有"杏花时节桂花香"的句子。他大吃一惊，就特别认真阅看，发现这份卷子答得真好，特别是五道策问回答得尤其详明，看得出作者是饱学之士，并且很有才气，只是因为八股文写得不够好，所以落选了。由于有了梦里的先兆，杨潮观很想把这份卷子向主考官推荐，可又觉得时机不对，难以开口。他正在犯难，主考官钱汝诚发现已取中的一些卷子策论写得不好，让各同考官从落第的卷子中选出一些好的替补。杨潮观赶紧把"桂花香"那份考卷推荐上去，钱主考看了很满意，就将这份卷子取中第83名。到拆卷填榜时，才知道卷子的主人是商丘的老贡生侯元标，他的祖父正是侯朝宗。侯朝宗和李香君的故事，人所共知，所以大家都说杨潮观梦到的女子一定是李香君。杨潮观听了更是得意，到处向人夸耀，说自己在梦中见过李香君。

杨潮观所夸耀的人当中就有袁枚。不过，他向袁枚绘声绘色地讲述的时候，这事已经过去十八年了。这十八年间，杨潮观肯定讲过好多遍，每次讲述，可能都有一些即兴发挥，咳唾成珠，有多少版本真说不清楚了。除了自矜自夸，当下得到一点精神慰藉，如风过耳，言者并无别的深意，可是，听者有心。对诸如此类"子不语"的怪力乱神的故事，袁枚向来情有独钟。当时，他饶有兴致地听了，过后，他余兴未减，两次写到这件事。于是，《李香君荐卷》的故事有了文字的形态，定型成为《子不语》卷三中的一篇和《随园诗话》卷八中的一条。《子不语》结集出版后，热心而好事的袁枚，又专门寄了一本给杨潮观，兴致勃勃的他根本没有料到，杨潮观的反应是朝他当头泼来一盆冷水，或者说掷来一团怒火。

本来，对这一类故事，姑妄言之，姑妄听之，大概谁也不会认真，如果言者与听者局限于私人场合，是不会有问题的。一旦见于笔墨，并且流传于世，那情形就完全不同了。杨潮观在私人场合带有自我夸耀的讲述，随着袁枚的著作进入了公共空间，原来私人间的讲述姿态，便一下子变成面向大庭广众的演示，受众有权夸张、误读、变形，创作者根本无法掌控。一句话，别人会怎么想？难怪杨潮观急了，他立即托人给袁枚带去一封手书，厉声斥责袁枚记录失实，无中生有，并要求袁枚立即将此节文字"劈板削去"。两百多年后，重读这封信，我们仍然能够感受到写信之时已经年逾古稀的杨潮观的怒气冲冲。

文言向来比口语更多增饰功能，更富有暗示性，也许杨氏本人当年的"神侃"已经不免添油加醋，经过袁才子的生花妙笔这么一渲染，就更加旖旎动人了。袁枚文字中那股兴致勃勃而又绘声绘色的神情，已经让杨潮观"为之骇然"，忍无可忍。最让杨潮观受不了的是其中两处：一处说他梦见李香君"揭帐私语"，一处说他事后沾沾自喜，"每夸于人，以为荣幸"。又是"揭帐"，又是"私语"，当然不免让人想入非非，甚至联想到床笫之私，岂止是"污蔑贞魂"，简直是"诬蔑交旧"，让杨潮观无脸见人！他当然要申辩。他不能否认这故事是自己讲的，但袁枚所记，情节严重失实，以致量变积累成质变：你说这事发生在壬申年，可是那一年鄙人根本不在固始当县令，此第一；隔了这么多年，杨某人都记不清那一科主考是谁，你又从何得知是钱汝诚，那显然是你自己加上去的，此第二；河南每科乡试取中举人名额只有71名，哪里来的第83名，显然也是你自说自话，此第三；那个后来取中的侯生，只不过是侯方域的族孙，并非嫡孙，此第四。总之，所有这些，都是袁枚"信手拈来，总非是实，俱不足辨"。

这封信开头还挺客气，只是自我申辩，可是写着写着，杨潮观越来越生气，忍不住指责袁枚对老朋友太不够意思，竟然"于笔尖侮弄如此"。他气愤地说，李香君又算什么东西？不过是明末侯方域的婊子罢了。杨某人就是见了活生生的李香君，也没什么可荣幸、可夸耀的，何况是见了她的鬼！再说，杨某人并非不好色，只是不好这婊子的色，平生最讨厌的就是这"名妓"二字。你居然说她"揭帐私语"在前，而我自夸于人在后，这样"佻佻下流"的事，我怎么可能做得出来？这件事的性质，"原属梦间贞魂报德之事"，非但跟秦淮名妓李香君没有关联，连李臭君都扯不上干系。我有一篇文章写到此事，现在将此稿抄送一阅，对这段故事的叙述应该以这篇文章为准。杨潮观这篇文章到底是什么时候写的，是不是看了袁枚的文本之后才写此文以正视听，我对此颇感好奇，可惜现在无从追根究底。在这封信末尾，杨潮观又以多年交契的身份，对袁枚婉言规劝，大意是说：《子不语》这类的书名，暴露了你公然"悖圣""妄诞"的思想本质，阁下现在名满天下，无人敢进忠言，今天鄙人就要以"畏友"（后人确实有称袁枚视其为畏友的）的身份，进一番逆耳忠言，言下大有劝袁枚浪子回头悬崖勒马之意，最后还放出话来，叫袁枚好好反思一下，尽快"赐一回音"。

杨潮观的文才是不错的，有《吟风阁杂剧》32种为证。不过，我觉得这封信写得并不"理直气壮"，怪就怪他自己当年吹嘘过头，一言既出，驷马难追，如今追悔，夫复何及？现在急着要申辩，列了四条，没有一条抓住要点，对这些细节斤斤计较，并不能抹煞已经发生的事件。连我这个旁观者都没有被说服，何况当年的当事人袁枚。袁枚读了来信，觉得这老朋友的迂执真是既可气，又可笑。他当下回了信，而且连续三封，洋洋洒洒，若算字数，起码是杨潮观来信的五倍。他逐条反驳，时而冷嘲热讽，时而杂以嬉笑，简直要撕破情面了。

袁枚在信中说，《子不语》书中所写的，"皆莫须有之事，游戏谰言，何足为典要"，你居然认真起来，像作经史考据一样字字考订，还为此恼怒，真是迂腐到顶了。做梦本是一件再平常不过的事，梦见李香君之类的女子，也不足为奇，更不足为羞。这事可是你当年亲口说的，想来当时犹在壮年，"心地光明，率真便说，无所顾忌。目下日暮途穷，时为身后之行述墓志铭起见，故想讳隐其前说邪"？这几句话是诛心之论，切中杨潮观的心结乃在"名节"二字，痛下针砭，笔锋犀利。不错，李香君身为妓女，可是妓女难道就可以小看吗？不说"行行出君子"，当个名妓殊不容易，就凭她面对阉党余孽马士英、阮大铖等人表现出来的坚贞气节，就足以让不少所谓士大夫羞愧。今天还有人知道你杨潮观，再过三五十年，天下人只知道有李香君，还有谁知道你杨潮观！你还口口声声标榜好色，惟独不好李香君这样的名妓之色，我看你根本上是冒充好色。明代理学家王畿说过："穷秀才抱着家中黄脸婆儿，自称好色，岂不羞死！"

说的就是你这种人。要不就是尊夫人有狮吼之威，吓得你连梦都不敢做了？袁枚接着引述杨潮观附来的那篇文稿，以子之矛，攻子之盾。你说什么李香君是在"床下跪求"，而不是"揭帐私语"，可笑之极！你已解官多年，李香君又不是抓来的罪犯，凭什么向你下跪？如果你心无邪念，她来揭帐又有何妨？如果你心存邪念，她就跪在床下，你也可以把她搂到怀里。你这种分辩有什么意思？又说什么李香君"衣裳雅素，形容端洁"，若不是你死盯住人家看，哪能看得这么真切，分明是犯了"非礼勿视"的戒条。你号称多年修道习禅，我看你一点长进也没有。你还想规劝别人，我看你还是自己先挑十来桶无锡惠山泉水，洗一洗胸中的霉腐龌龊之气吧。

袁枚反弹这么激烈，出乎我的意料，恐怕也出乎杨潮观的意料。说实在的，杨潮观并不是一个道学家，更不是卫道之士。从《吟风阁杂剧》来看，他的剧本写的多半是市井细事，借此反映国计民生、人情世态，风格却每出以诙谐调笑，并不是一个板着面孔的人。他的生命中也不乏风流佳话。且不说他七十岁生日的时候，"与老夫人重行合卺之礼，子妇扶入洞房，坐床撒帐"，老来玩弄风流，如此兴高采烈，实在是不多见的。单凭他在四川邛州任职之时在卓文君妆楼旧址上筑吟风阁一事，好歹也可以算一个"好色"之士。否则，他不会不顾他人的诽谤谩骂不绝于耳，而与袁枚结为交契。只是这场争论发生之时，杨潮观已经80岁了，他已步入生命的最后一年，比他年轻的袁枚也已经76岁了。两个年逾古稀的老人为几十年前的一场梦争得如此认真，如此动气，真是不同寻常。杨潮观一生颇为入世，为官三十多年，勤政泽物，"廉敏有声"，曾编撰《古今治平汇要》十四卷，足见对事功的看重。志书中说他平生雅好著述，好像是致力于立言不朽。其实立言之外，他也冀望立德、立功以不朽，在"日暮途穷"的时候，这种意念变得越来越强烈。这是人之常情，袁枚的话稍嫌尖刻，不过倒是得其实的。在杨潮观，日薄西山，当年那个风流自赏的倜傥才子已经销磨殆尽；在袁枚，76岁的老人依然啸傲随园，才子脾气越老越犟。在杨潮观，这是一件关乎名教大节的事，有必要对故人"奉规""忠告"；在袁枚，这却只是一件"无甚关系事"，只是"与故人争闲气"。在生命的黄昏，在人生的价值观念上，两个老友之间的分歧终于暴露出来了。

这场争论让我领教了随园先生的率真、好辩和泼辣，领教了他的个性、文风和笔锋，真是不可小觑。他与诸方名流、各路好汉交锋，不依不饶，一支健笔横扫无数劲敌，《小仓山房尺牍》中还留有不少这类文字。存世的《牍外余言》第一条，就是替王安石等几位宋代人答辩。他在场外旁听几百年前的辩论感到还不过瘾，干脆亲自上场掺合，好辩、好事一至于此！不过，这次毕竟是对老朋友，显然不能穷追猛打，话虽然说得凶了些，还将来信附在后面，颇有"立此存照"之意，最终却是做了少许让步、妥协，否则，几十年交情真要毁于一旦。我注意到一个细节，袁枚后来可能对《子不语》中这段故事的文本作了修订。杨潮观来信中说《李香君荐卷》中有"揭帐私语"四字，在今本《子不语》中，"私语"已经变成了"低语"。"低语"虽然也暗示某种亲密关系，却比"私语"少一些亲昵甚至暧昧的意味，谁不记得《长恨歌》中那有名的两句："七月七日长生殿，夜半无人私语时。"不过，在《随园诗话》中，仍然写作"褰帐私语"。另外，在故事最后，今本《子不语》写道："方疑女子来托者即李香君。""疑"字用得妙。《随园诗话》中只是说，"得非李香君乎？""一时传为李香君荐卷"，也是传疑的语气。我揣测原本用字不这么模糊，没有这么大的弹性空间，可惜一时没有更早的版本来作对证，至少就前一个例子来说，杨潮观当时所见与今本是不一样的。

袁枚的妥协和杨潮观的去世，使两个朋友没有渐行渐远，而是再次靠拢，又结下一次文字因缘。在此之前，他们之间诗简往来，文字因缘本来已多。据清秦缃业修《无锡县志》上说，袁枚曾在随园搬演其《吟风阁杂剧》，一座倾倒。今传写韵楼钞本《吟风阁杂剧》，就是随园女弟子吴琼仙点勘校正的。在书札文字之外，吟风阁和随园之间再结文学因缘。临终之时，杨潮观遗嘱要袁枚为其作传，这就是今存《国朝耆献类征初编》卷二三二中的那篇《杨潮观传》。在传中，袁枚自言与杨潮观是总角之交，"性情绝不相似。余狂君狷，余疏俊，君笃诚。余厌闻二氏之说，而君酷嗜禅学，晚年戒律益严，故议论每多牴牾"。言下之意，似乎是暗指这场争论。"世之人，游夏交相讥，管晏乃合传，虽异犹同，其即君与余之谓耶？"最终，他们的归宿是求同存异。风波平息，尘埃落定，杨潮观与随园又多了一层生死因缘。他生前与袁枚结伴终老南京的夙愿没有兑现，因为这个公案，他却与随园、与李香君、与南京结下了不解之缘。

俗话说得好："痴"人面前不能说梦，即使在南京，即使在李香君成名的秦淮河畔，也是如此。这场风波过后，袁枚和杨潮观应该不约而同地认识到这一点。一个是狂而不羁的"痴"，一个是狷而迂执的"痴"，有所不同，都蛮可爱的。不是吗？

俗眼看"花"

　　也许你没有读过《桃花扇》，但不大可能没有听说过李香君这个名字。也许你没有读过余怀《板桥杂记》，但不大可能没有听说过"秦淮八艳"。说起来，这两部作品都写于明清之际那场天翻地覆的剧变之后，隐藏在狭邪艳冶和风流觞咏底里的，是痛定思痛的沉重。不过，人是很善于消遣历史的，当盛世重来，笙歌再起，旧日不能承受的沧桑之痛经过时光的淘洗漂滤，一一转换成茶余饭后的谈资。于是，长板桥边的旖旎，旧院内外的笙歌，灯火画舫，妆奁粉黛，李香君的媚香，顾横波的迷楼，都翩翩然脱化成轻盈的记忆。加上更早远的风雅传说，远到王献之在淮清桥畔的渡口送迎爱妾桃叶，杜牧之夜泊秦淮，听商女隔江歌唱《玉树后庭花》，仿佛亘古至今，这白门秋柳下的风流渊薮就是这般繁华。

　　不错，作为大明王朝旧都和南明王朝新都，南京在明清之际的确有过一段短暂的繁华，短暂得犹如气数将尽的垂死王朝的"回光返照"。在《板桥杂记》中，余怀称这处风流渊薮为"欲界仙都""升平乐国"，那时，不知有多少文人雅士在这里流连忘返，把这里当作销金销魂的"乐土"。"笙歌画舫月沉沉，邂逅才人订赏音。福慧几生修得到，家家夫婿是东林。"秦际唐这一首《题余澹心板桥杂记》的诗，说的正是这批文人雅士们的群体感受，也道出了他们对于板桥旧院的"共同想象"。时过境迁，即使这些感想所依托的现实背景已不复存在，这个群体还可以发挥自己的文学想象，继续堆叠这个风雅的迷楼。局外人看得发怔，不免被引到一场朦朦胧胧的风流绮梦之中：放眼河房，仿佛全是这等风流旖旎的光景，往来于心中的，也仿佛尽是那些令人向往的"雅游"，使人醉心的"丽品"和耐人回味的"轶事"。

这也许就是所谓"雅人深致"吧。"雅人"自然有一双"雅"的眼，看什么都拣雅的，对于俗人、俗事、俗物，他们是不看在眼里的，更不放在心里，实在避不开，也要化俗为雅。

道光二十六年（1846）秋天，19岁的苏州甪直书生王韬来到南京，寓居夫子庙东边的钓鱼巷龚家，"左右多青楼"，可谓与"流莺比邻"。王韬充分利用这个"天时地利"，出入欢场，寻芳访艳，忙得不亦乐乎，早已把乡试文战之事丢在脑后。在他晚年撰写的回忆集《漫游随录》中，数十年前的这次南京之

桃渡临流

行，芟繁就简，只剩下以"白下传书""白门访艳"和"金陵纪游"题名的三段记忆。王韬在三段文字末尾附录了多篇诗文，香雾云鬟，人影衣香，着力要把自己描绘成一个风流自赏的多情少年郎，至于科场败北名落孙山一节，当然略过不提。钓鱼巷龚家水阁西边有一座文漪楼，楼中住有任素琴、缪爱香一对女校书，"艳帜独标，香名夙著"，也是王韬最为称意的，他自称曾经"五宴其家"，坐拥两美，彼此总该是很厮熟的吧。奇怪的是，有一天，王韬出游到妙相庵，"于庵中得遇素琴、爱香二校书，方静坐啜茗，领略闲趣，见余等嫣然一笑，以眉目示意。余亦径过之，若为弗相识也者，惧有议其后者也"（《漫游随录·金陵纪游》）。这次邂逅太有戏剧性了，当事双方表现得那么矜持含蓄，那么一本正经，也未免让人觉得蹊跷：王韬真的跟琴、香二校书很熟吗？她们与王韬关系真的很亲昵吗？王韬的回忆是不是有些自说自话呢？不然的话，这种矜持含蓄中是不是掩饰了什么，比如床头金尽，无力再续前缘旧欢，所以再次相逢，权当陌路，以避免出现尴尬呢？

这样揣测当然是出于世俗的眼光，我也怕稍不小心就会厚诬古人，还将使"雅人深致"荡然无存，"大煞风景"。不过，世人虽已习惯了"雅眼看花"，但如果换上一双"俗眼"，也许别有一种新鲜的意味。"雅眼"的文本不难找，"俗眼"的文本不易寻，有图文见证的"俗眼"文本就更不易得了。"踏破铁鞋无觅处，得来全不费工夫"。就在我们"左顾右盼""上下求索"的时候，尘封一百多年的《点石斋画报》踩着视觉时代来临的响亮鼓点，"闪亮登场"，进入了我们的视野。

先来说一段《点石斋画报》中的新闻，标题叫作《流水无情》。

话说金陵颜料坊某公馆中有一位如夫人，本来是勾栏女校书，也曾在钓鱼巷"高张艳帜"，招展花枝，后来被大官人纳作小星，宠擅专房，骄侈之气不免日盛一日。有一天，如夫人一身鲜丽盛装，带着一群仆从到财神庙烧香，声势浩大，引得街坊好事者群集围观，如夫人心中好不得意。却说围观者中有一位秀才，恰好是她的昔年旧客，曾与之"一度春风"，念及旧情，"遂大踏步向前，低声小唤卿卿，冀念旧好而叙阔衷"。没想到，美人"反面无情，恼羞成怒"，喝令家丁将这秀才押回公馆，又诉于大官，叫送到县里严加惩办。秀才自作多情固然是多事，如夫人"视萧郎如陌路"也便够了，却进而视同仇雠，仗势欺人，也未免太过分。反过来看王韬与琴、香两个女校书的那场邂逅，双方的矜持和含蓄恰到好处，正可存留一点"雅人深致"。

《点石斋画报》是晚清的一种新闻画报。说到晚清，在这里具体是指光绪十年到二十四年（1884—1898），这个时代大约就是王韬的晚年，以长时段的历史标尺衡量，这与王韬"白门访艳"也属于同一时代。说到新闻，《点石斋画报》上的新闻大多数取材于《申报》，是选择《申报》新闻中有图可绘、便于插图的内容，除了上海本埠和首都北京之外，南京、苏州、扬州等周边城市的新闻，也在《点石斋画报》中占了相当大的分量。说到图画，《点石斋画报》出版十五年，刊印了四千多幅图像，其中有关南京的就有二百多幅，堪称图文并茂，颇可玩赏。说到文体，用陈平原的话说，它是介于记者的报道与文人的文章之间的，与《申报》相比，它媚俗的趣味更显著，也更接近于今日所谓的小报和副刊。在我看来，这里的关键是一个"俗"字。新闻画报当然靠的是一双"新闻眼"，就《点石斋画报》来说，它的"新闻眼"其实就是一双观察"市井世俗"的"俗眼"。

1889年以后，《点石斋画报》在各地开设了分销点，名曰点石斋分庄，南京的分销点就设在夫子庙东牌楼，那正是邻近钓鱼巷的一个所在。在经销书刊之外，这些分销点还有什么别的职责或功能，比如向上海"总部"提供新闻或报道线索之类，现在无从深究，能够说清楚的是，在《点石斋画报》关于南京的新闻中，发生在东牌楼和钓鱼巷附近的新闻特别多，其中大多数又与妓家相关。我粗粗作了一下统计，有十余条之多。先把这些新闻的标题开列如下：

苦乐不均、局赌害人、骸垢想浴、财神被殴、沉乱于酒、畅饮龟溺、花窟逃生、突而弁兮、鲁莽肇事、护花受辱、官邪受辱、花丛蟊贼、轻狂受辱、龟鸨游湖、画士情痴、龟横、秦淮胜会、流水无情。

只从这十几个题目中，就可以看出《点石斋画报》编者的趣味和"新闻导向"了。除了《秦淮胜会》，没有一条新闻有丝毫的风雅意味，与余怀《板桥杂记》中的"雅游""丽品"更是天差地远。《苦乐不均》一条的开头似乎颇存雅意："春水未生，秦淮清浅，灯船画舫，鳞次来游，箫管之声，已与隔江《玉树后庭花》相应答。"接下来却说在这笙歌香氛之中，有一条粪草船想赶在天黑前出东水关，急匆匆行船，不料刚走到桃叶渡，河面游船拥挤，粪草船进退两难，在挣扎之中终致倾覆，满船秽物全都倾入河中，煞尽风景，河面画舫的清游雅兴顿时一扫而空。《花窟逃生》说的是一个老年嫖客留宿钓鱼巷一妓家，夜里洋灯爆裂，引起失火，仓皇逃命之时出尽洋相。《画士情痴》题目虽雅，说的却是一个可笑又可怜的故事：金陵画士潘某"行年三十，孑然一身，迩以鳏况难堪，忽动寻春之兴"，无奈阮囊羞涩，只好去打土娼的主意，结果自讨一番羞辱而归。诸如此类的"冶游"，当然是不入雅人之眼的。

在《点石斋画报》的娼妓新闻中，受辱似乎是最常见的主题。事态发展到受辱的地步，自是所有脸面都已撕破，其间当然更无风雅可寻。在《轻狂受辱》中，某少尉宦囊颇饱，邀请宾客在秦淮河上泛乎中流，酒酣耳热之际，忽见对面划来一艘画舫，上有一位着藕色衫的绝色丽人，不免评头品足，并且口吐狂言，殊不知这丽人乃是座中一公子的小星，结果招来一番痛捶。这只能说是咎由自取，同时也与妓家无关。妓家势利，一旦在钱财上吃亏，整起人来往往不择手段，绝不满足于拳脚相向。一个故家之子与某妓相狎，终日衣着光鲜，却始终一毛不拔，龟鸨最终看透这是一个"空心大老倌"，"乃剥去其衣服，而以便溺灌之以泄愤"（《畅饮龟溺》），真是恶俗到家了。钓鱼巷一带藏娇窟众多，无论生客熟客，但凡有钱的便尊之为财神，没钱而偏要装阔，或者想在温柔乡中占些便宜，那就难免受辱。即使世家子弟，也逃不掉一顿痛殴（《财神被殴》）。某观察自许风流潇洒，尤喜充当"护花使者"，为妓女脱籍。某日夜宴之后，又将一个叫小兰的名妓藏了起来。龟鸨见他夺走了自家的摇钱树，怒不可遏，打听到他的藏娇金屋所在，打上门去。可怜这多情的观察大人被扭着发辫拖行了二三里路，又被当街羞辱了一番，最终还得答应归还小兰才算作罢（《护花受辱》）。

钓鱼巷之外，其他地方也有"野草闲花"、土娼暗妓，这些角色虽不能登大雅之堂，但也着实不好惹。江宁县胡大令的侄公子一次路过信府河朱二土娼家，在门口搔首弄姿的土娼们笑

　　　　　　　　　旧时燕：文学之都的传奇

他小气不肯花钱，双方发生口舌之争，那龟子朱二在南捕厅当差，仗着自家的官势，驱动龟奴，把公子好一顿痛殴，过后知道自己是"太岁头上动土"，后悔已晚，只好认栽（《龟横》）。土娼家的龟子不过是个捕差，就敢如此凶横，钓鱼巷的龟鸨有硬得多的靠山，自然更有理由猖狂了。《点石斋画报》中，南京这处风流渊薮更多展现了势利、卑劣和龌龊的一面。这几段受辱于妓家的故事，矛头直指龟鸨的凶横。这些都是能够惊世骇俗，吸引俗人眼球的。

不过，一物降一物，龟鸨也有吃哑巴亏的时候。《龟鸨游湖》这段新闻说的是几个龟鸨冒充风雅，荡舟中流，居然得意忘形，结果被一群自命为正人君子的"游客"呵斥。这只怪他们自己不识时务，还算不上哑巴亏。且说浙江有一官家子弟，事先侦知信府河某妓家颇有积蓄，"遂往订交，绸缪倍至"，又出手阔绰，妓院上下的人心次第被收买殆尽。而妓女也经不起他三天两头灌迷魂汤，将自己所有体己积蓄等隐私"和盘托出"。忽有一天，门外面来了一个少妇，领着六七条壮汉，说是来寻自己的败家男人。屋里面的男人装作很害怕，急忙在妓女掩护下从后门逃逸，少妇"大兴问罪之师"，趁乱将妓女的积蓄洗劫一空（《花丛蠹贼》）。原来是这夫妻两人联手唱了一出双簧。这些妓家平日里机关算尽，《点石斋画报》的新闻中就有一条说的是庆云里某妓家设赌局骗钱害人（《局赌害人》），如今遭人暗算，吃了大亏，只能自认报应。只此一端，足见世风日下了。

说到世风之坏，还有更有趣的例子。《点石斋画报》中有一条《骸垢想浴》的新闻，标题粗看甚雅，其实说的却是几个少年带着一个雏妓，到澡堂想洗鸳鸯浴，堂主发现后，下逐客令将这几人赶走。这种"风流放诞"之事即使在"男女淆乱"的沪北也不曾听说，现在居然发生在"三山二水间"，真是令人惊叹。作为一座文化古都，一座老牌城市，南京在新兴的殖民化、商业化都市上海面前原本仅有的一点道德优越感顷刻之间被击得粉碎。天空无法遮拦，南京又是最早开放的几个通商口岸之一，欧风美雨也率先吹进这座古城。《秦淮胜会》说的就是贡院斜对门一个开照相馆的广东人陈某，为了招待外国人，雇了秦淮来喜号洋式灯船，预办了外国酒席，又从钓鱼巷招了数十个名妓，"征歌侑酒"，招摇过"河"，这也可以算一种"中西合璧"吧。这条新闻的背景，正当"中日和约告成"之时，也就是马关条约签订之时。一般来说，《点石斋画报》这种小报是不太关注国家大事的，不过，其字里行间也透露出一些动荡时世的消息。

1864年，曾国荃率领湘军攻进南京，湘军破城之后，烧杀劫掠，抢夺了大批子女玉帛，一批暴发户应运而生。其后，曾国藩、李鸿章、曾国荃等人先后在南京当上了两江总督，南京街头也就出现了很多操湘淮口音的文武官员。有一个"口操凤颍音"的嫖客，"自称某局司事"，到钓鱼巷某妓家找其所爱的一个名妓金宝，不想被拒，只好降格以求，在另一个妓女房中痛饮直到沉醉，出门时跌坐到路旁的一个大淘米水桶中，大出其丑（《沉乱于酒》）。这种事当然不足为训，不过，这类人士经常光顾钓鱼巷，带动晚清南京妓业"中兴"，倒是不可忽视的一个重要机缘。

据说曾国荃当上两江总督后，擅权纳贿，为了避人耳目，受贿之事总是经由幕客中介转手，接洽地点总是挑在钓鱼巷妓院，可谓"雅俗兼顾"。当时，两江总督府衙门有东西两个辕门，上面分别写着"两江保障""三省钓衡"四个大字。有人借拆字法把"衡"字巧妙地拆成"鱼""行"二字，"钓""钧"二字又仅有一"点"之差，这样"三省钧衡"就变成了"三省钓鱼行"，影射曾国荃是这家"钓鱼（牟利）行"的总行主。多年前读石三友《金陵野史》，看到上面这段故事，印象深刻，历久而不能忘。今日翻阅《点石斋画报》，却赫然看到曾国荃临别金陵之时，谆谆告诫下属要"安分守己，勤慎供职"，俨然一席"理学名言"（《临别赠言》），不禁为之莞尔：原来曾总行主还有这样的另一面。这又要归结到"雅眼"和"俗眼"的不同。看来，"雅眼"热，"俗眼"冷，"雅眼"虚，"俗眼"实，"雅眼"藏，"俗眼"露，用两种眼光看"花"，或许能够全面一些。

据石三友说，当时著名诗人樊增祥还就"钓鱼行"之事写过一首诗："秦淮画舫暖围春，时有渔郎来问津。闲坐河房思误字，钩衡谁是钓鱼人。"樊增祥不愧一代才人，笔锋轻轻一转，雅俗界限就消弭于无形，钓鱼的"英雄"和陪钓的"美人"，统统被他幽了一默，手段果然与众不同。在晚清诗坛上，樊增祥素有"樊美人"之称，一生诗风侧艳，用他的诗为我这篇文字殿后，应该不算偏题吧。

嘉善石壁

美酒生涯

　　倒退一年，我绝对不敢写这个题目。尽管黄侃（季刚）先生的好酒是出了名的，但我辈生也晚，辗转听闻，所得的大多只是一些模糊影响之谈，想做更切近一些的了解，老成凋零，确实是越来越难了。好在经过整理校点的《黄侃日记》最近终于由江苏教育出版社印行问世了。这部洋洋一千余页的日记上起1913年6月20日，下迄1935年10月7日，1928年以后，也就是季刚先生定居南京并执教于中央大学以后的日记，尤其完整，关于其生活和读书方面的内容也异常丰富。有了这部日记，"黄季刚先生与酒"这个题目，也就可以略谈一二了。

　　我觉得，有两副楹联可以概括这个题目。一副是1922年季刚先生集唐人诗句而作的对联："欲上青天揽明月，应须美酒送生涯。"上联出自李白《宣州谢朓楼饯别校书叔云》，下联则是杜甫《江畔独步寻花七绝句》中的诗句，李杜相对，可称工整，

　　　　　　　　　　　　旧时燕：文学之都的传奇

虽然是借用他人成句，自家的志趣却也跃然纸上。另一副是1931年7月章太炎先生书赠季刚先生的楹帖："遇饮无人徵酒户，得钱随分付书坊。"季刚先生是一代学问家，他的嗜书成癖，本不足为奇；至于好酒成癖，则具见文人雅怀和名士风度。套用他自己的话说，正是"名酒异书，能令公喜"。知弟子者莫如师。太炎先生集清人姜西溟的这两句诗，突出书、酒二端，真是说到点子上了。

说起来，季刚先生嗜酒，历史是很长的。他晚岁定居南京以后，饮酒的机会更多，或者与良朋故旧畅饮酒肆，或者同亲戚友生共饮郊原，或者在家中持螯独酌。他曾戏谑地自称当时的生活是"花天酒地"。海纳百川，不择细流。季刚先生喝酒，似乎并不专认什么牌子，能得一醉，便是好酒。在常喝的米酒、麦酒、茅台酒之外，葡萄酒、白兰地、德国酒或其他洋酒，他都来者不拒，"兼收并蓄"。1932年初，为了避寇，他前往北京，弟子陆宗达在东单牌楼三条胡同的俄国菜馆红楼宴请老师。那一次吃的是洋酒，季刚先生"醺醉"而归。在二十世纪二三十年代的南京，要找几家像样的吃西餐饮洋酒的馆子也并不难。平仓巷的德国菜馆和内桥的青年会，便是季刚先生常常光顾的地方。1935年8月的一天下午，他和汪东等朋友相约游玄武湖，临行前正逢雷雨，于是相约"共诣平仓巷食德国菜，饮德国酒，醉甚，昏黑中，冒雨仍至湖上茶亭听荷声，剧谈，至十时乃返"。

正宗的西餐洋酒，加上地道的传统文士的闲情逸致，大概称得上是一种"中西合璧"的生活方式罢。在雨夜的昏暗中，二三知己闲坐于湖上茶亭，一边静听残荷雨声，一边抵掌清谈，如此佳兴，若非趁着酒力，怕是不易有的。

季刚先生在南京前后生活了八年，这八年，正是这个城市的现代史上昙花一现的繁荣时期。当时，他任教的中央大学和金陵大学，大家汇聚，名师云集，有一批志同道合的师友同事，其中，陈汉章（伯弢）、王瀣（伯沆）、汪东（旭初）、吴梅（瞿安）、王易（晓湘）、汪国垣（辟疆）、胡俊（翔冬）、胡光炜（小石）诸先生，与季刚先生之间诗酒往来尤多。他们常去的酒家有北门桥的大中华楼、利涉桥的老万全、糖坊桥的蜀峡饭店、贡院东街的六华春、桃叶渡的绿柳居、城南报恩寺的马祥兴清真馆、成贤街的民生馆和豆花村、松涛巷的广州酒家，等等。将日记中出现的饭店酒楼名称略做整理，几乎可以还原出一张七十年前南京城市的饮食地图。那时，在老万全喝啤酒，吃地道的南京菜，七八个人也不过每人两元的份子，对收入较高的教授们来说，根本不成问题。酒酣耳热之际，结诗社，打诗钟，联咏成诗，欢饮入醉，于是佳句妙语次第流出，一挥而就。这种场合，有时也有一些后辈学生随侍四周，观摩老师前辈的诗酒风流，就是最好的熏陶和学习。

常常，季刚先生和朋友们一起趁着酒兴，结伴出游，访古寻幽，酒香诗气也就从熙攘市中飘浮到了青翠郊外。1928年12月2日，季刚先生应汪东之约，与同事汪辟疆、王易等人，在北门桥大中华酒楼饮酒。微醉之后，意犹未尽，四人结伴雇车同游城西古林寺，沿着清凉古道、三步两桥，过华严冈，到归云草堂，薄暮，才沿马台街乘马车回到黄家。晚上，诸人继续在黄家饮酒联句，共成七绝联句诗16首。四先生当时正当四十多岁的壮年，兴酣意豪，一时传为佳话。第二年重阳节前一天，适值休沐，季刚先生和汪东、王易、汪辟疆、吴梅四先生共游玄武湖。湖上没有酒家，季刚先生事先做了准备，自"携酒蟹以往"。诸先生坐在洲山茶社里，"对钟山岚色，北里烟痕，荷凋柳黄，秋容凄凛，约连句填词一首，趁月而归，复开尊共酌，十时始散。瞿安度曲甚多。今日之游，极朋尊游赏之美已。"流连湖山，陶然诗酒，这种情景下的饮酒，意兴遄飞，最能显露性灵，挥洒才情。

酒逢知己千杯少。季刚先生的好酒，其实看重的是"朋尊游赏之美"，是诗酒雅集之际的才学交锋和友情培养。如果"坐有狗吠驴鸣，绝无文酒之乐"，那样的酒筵他是毫无兴趣的。有时候，甚至可以说，他看重的是饮酒这一行为的仪式化意义。陶渊明《饮酒》诗云："若复不快饮，空负头上巾。"秋风暂起，菊黄蟹肥，季刚先生常右手持酒杯，左手持蟹螯，一副名士派头。诸如此类的雅人深致，日记中时可一见。有一次，他独自一人踱进一间酒家，跟邻座一个素不相识的老翁相对劝酬，居然也陶然欲醉。还有一次，则是跟几个朋友一起，与另一班主客挤在同一张圆桌上饮酒笑谈，彼此各得其乐，这种不拘形迹的洒落气度，让人追想六朝。

酒酣胸胆开张，引人入胜，固是难得；而酒后举止疏狂，狂言妄语，也自难免。此等狂妄当然不能当真，若看作真性情的流露，便显得有趣可爱。比如有一次，在老万全喝过酒后，微醉的季刚先生与两个朋友一起乘舟游秦淮河，登岸时，一脚踩空，鞋袜尽湿，幸好岸边水浅，才有惊无险。又如季刚先生与吴梅的那次酒后争执。本来，两位先生同时任教于中央大学，平时颇多过往，也时常同席饮酒，同会赋诗。有一年，吴梅还专程来赠送熏鱼，并借给季刚先生一册版本稀见的《经典释文》，季刚先生当即以一部《毛诗正韵》回赠。没有料到的是，1933年6月的一天，毕业学生邀请他们的老师在夫子庙老万全聚会。这两位先生酒后狂言，语锋冲撞，数句不合，至于拳脚相向，还好旁边有人及时拉开了。第二天，经过汪东的调解，二人消除了芥蒂，和好如初。陶渊明《饮酒》诗说："但恨多谬误，君当恕醉人。"不用改动一字，就可以用在这里。

在一般人的印象中，季刚先生的纵酒往往跟他的使气、好骂人等脾气联系在一起。其实，先生本人对纵酒伤身沉醉斫性未必没有自觉。在日记中，他曾多次提醒告诫自己，以戒酒慎言自律，即使一时无法做到这一点，也要尽可能少赴群饮之会。有几年，他饮酒确实比较节制，努力做到饮食有度，起居有常。1928年11月以前，他还注意节制酒量。是年11月4日，"始开酒戒"。那几天，他刚两岁的女儿念惠病情危重，稚弱的生命悬于一线，季刚先生心情沉重，无可奈何之余，只能借酒消忧。11月5日，念惠殇逝，季刚先生心痛欲碎，连续写了好几首诗伤悼殇女。此后一个月，他几乎没有一天不是在痛饮大醉中度日，靠酒精来麻醉自己。从日记中看，这是季刚先生纵酒最厉害的一个时期。"九一八"事变之后，日本帝国主义加快了侵略中国的步伐，国势日危，敌焰日炽，季刚先生蒿目时艰，忧心如焚，往往情不自禁地形于笔墨。壬申（1932）避寇北京以后，他的忧时之心日益加剧，日记中写到纵酒自遣的事也就越来越多，直到去世。这时候的季刚先生，就像《世说新语·任诞》篇中所说魏晋时代的阮籍一样，"胸中块垒，故须酒浇之"。1936年，汪东在季刚先生逝世周年祭悼词中说，季刚先生是"伤时纵酒，遂以身殉"，只不过是换了一种说法，并且说得更明确一些罢了。

冶麓幽栖

沆瀣风流

　　老南京在城南。从六朝以来，这里就是钟灵毓秀之地。从门东走到门西，一路都是历史遗迹、人文景观。门西的凤凰台、谢公祠、愚园，门东的周处读书台、芥子园，如今已经没有多少旧迹可寻，但这些地名之中仍然留有浓浓的古典韵味，细细咀嚼，仿佛便能令人齿颊流香。想一想，当年有多少文人雅士在此流连盘桓，啸傲湖山，不必亲随杖履，就足以使人神思飞越，发怀古之幽情。如果亲履其地，那些意想不到的发现和收获，会让你情不自禁地感叹此处人杰地灵、风流蕴蓄。我第一次走进王伯沆周法高纪念馆时，内心感受就是如此。

　　记得那是在1998年11月8日，王伯沆周法高纪念馆开馆的那一天，我作为南京大学中文系代表前去表示祝贺。纪念馆在门东仁厚里三号（今为边营98号），在周处读书台南面不远。这里原来是伯沆先生的祖遗老屋，他出生在这个院子中，也安葬于这个院子里，生命的起点和终点正好重叠在一起，画出一圈圆满的轨迹。伯沆先生曾执教于南京高等师范学校、东南大学和中央大学，论起来，他应该算是南京大学中文系的开山祖师之一，是我太老师一辈的人物，藐予小子，岂能不高山仰止？惭愧的是，那时我对伯沆先生的了解实在肤浅得很。

伯沆先生（1871—1944）名瀣，晚年自号冬饮，所以学者称为冬饮先生。冬饮沆瀣，原来是指夜间的水气。《楚辞·远游》中有这样两句："餐六气而饮沆瀣兮，漱正阳而含朝霞。"注引《陵阳子》："冬饮沆瀣者，北方夜半气也。"沆瀣之气，清净冷僻，孤高贞洁，如同我们所熟悉的木兰坠露、秋菊落英、正阳朝霞，是屈原之类的高洁之士的象征，是他们最理想的"精神食粮"。不幸的是，现在知道这个来历的人不多了。在现代汉语中，提到沆瀣一词，人们大概只会想到沆瀣一气，想到晚唐乾符二年（875）科举考试中的那段故事：一个叫崔瀣的考生参加当年的科举考试并被取中，主考官恰巧是他的本家，而且名叫崔沆，于是人们编排了一段笑谈："座主门生，沆瀣一气。"受这段故事的"株连"，沆瀣原有的孤高贞洁的色彩，连同它所寄寓的古典语境，离我们越来越远了，远得只留下一个模糊的背影，就像王伯沆一样。

围绕名字说了半天，是因为伯沆先生人如其名，名如其人。先生少年岐嶷，曾从江宁名宿高子安先生研习《说文解字》，尽得其传，高子安病逝前，即以所遗诗稿相托。早年就学南京钟山书院，出类拔萃，很受书院山长蕲春黄翔云爱重。弱冠之后，他豪放纵酒，经常"从友人饮酒赋诗，锦衣佩玉，跃马聚宝门外，见者目为王孙公子"。有一次酣酒之后，大醉三日，"怒掷案上镫"（钱堃新（《冬饮先生行述》，下同），差一点把书房烧掉了。先生从此戒酒。二十多年后，好酒少年成了名闻东南的大学者，即使与当时南京城里的一班好酒的名流高士聚会畅游的时候，依然自持不移。

伯沆先生毕生肆力学问，旁涉淹通，其博其杂，一般人很难想象。他的学术道路，更与一般人大不相同，其发展历程大略可以分为三大阶段：弱岁治古文诗词，走的是传统士人的正途，词采挺拔，才思泉涌；壮岁兼治经世之学，那时先生颇有经世之志，还为此专门学过律令格式之类，但是母亲陈太孺人认为他性格刚烈，容易忤犯长吏，招来不测，坚决不同意他出去做官，先生不愿有违母命，从此绝意仕进。四十以后，伯沆先生专力宋明儒学，又出入佛老，遂融通佛、老、儒诸家。那时，杨仁山居士在南京杨公井建立金陵刻经处，倡导佛学，伯沆先生与之相交甚契，也常参加刻经处的会讲。他还有一个无想居士的别号，起得好：不仅有明志之意，表示他对佛学的会心，也彰示他来自溧水的原籍背景——先生于词学深有造诣，"无想居士"让人想到周邦彦那篇著名的《满庭芳·夏日溧水无想山作》。寻根追远，溧水王氏源于琅琊王氏，明末就从溧水迁居南京城南，与先祖的乌衣巷靠得更近了。

伯沆先生一生服膺太谷之学，也颇有传奇色彩。太谷学派创始于清朝嘉庆、道光年间安徽池州石埭人周太谷，是儒学在民间的一个别派，其思想以儒学特别是宋学为主，兼取佛道。在现实生活中，这个学派主张通过"立言、立功、立德"，以达到"希贤、希圣、希天"，追求"不出家而成教于国"，对其他学派学说则颇能宽容。从兼融儒、道、佛的学术取向来看，可以说，伯沆先生本来与太谷学派就有相近之处。当时，太谷学派传人泰县黄葆年正在苏州十全街归群草堂聚众讲学，徒众至千余人。伯沆先生得知之后，专程到苏州登门拜谒，并拜黄葆年为师。那一年，他已年过不惑，早就是学府名宿，又是那么一种刚烈的性格，居然甘居人下，拜人为师，这一举动让周围的很多人感到惊讶，包括老朋友陈三立、世交黄季刚。但是，伯沆先生不改初衷，后来一有余闲，他就到苏州侍奉黄葆年，听其讲学。黄葆年知道伯沆先生性情刚烈，于是为他改字伯谦，希望他能柔退自守。自此以后，他的思想乃至他的性格都有了很大的改变。在兼融儒、佛、老、周（太谷）诸家学说的基础上，他提出"以佛治心，以老保身，以周经世，以孔教人"。这种独具特色的思想内涵，使他立身治学都卓异于时。

博通是伯沆先生传奇人生的最大闪光点：学问之博，淹通

旧时燕：文学之都的传奇

四部；思想之博，融汇四家；诗词书法、书画篆刻，样样精通；即使在民国初年的学界，这样的全才也是难得一见的。比如，他擅长诗词，才藻富丽，曾以《除夕诗》为题与吴梅先生唱和，一次再次乃至十次，在师友之间传为佳话，但是，他对自己平常所作诗文却漫不自惜，随作随弃。他博览群书，手不释卷，对经史小学诗词都深有会心，在中央大学登坛讲学，娓娓动听，各院系学生趋之若鹜。他讲析《四书》最负盛名，当时人称"王四书"。可是他一生谨守孔门述而不作之训，落笔矜慎，绝不轻言著述，是典型的老辈学人风范。然而，王家的藏书之中，蝇头细批，丹黄满卷，各种批注校点以及各种藏书题记随处可见，犹如珠玑散落，闪耀着才学的光辉，历史烟尘也掩盖不了。其中最著名的是他对《红楼梦》一书的批注。他对这部小说情有独钟，一生阅读不下二十次，手批五次，五彩斑斓，成为红学史上的别开生面之作。日本侵略军占领南京后，先生以老病支离之躯被迫滞留祖居，"坚贞守道，矞然不污"，宁死不受日伪的重金礼聘，为自己传奇的一生画上了圆满的句号。

听说曾经有人跟伯沆先生开玩笑，说一个教蒙馆的居然有资格到高等学府执教。这是伯沆先生传奇身世的又一点。的确，伯沆先生教过蒙馆，在诗人陈三立家塾中。大约是在光绪二十六年至二十七年（1900—1901）间，陈家从江西南昌移居南京，定居于头条巷后，即开办家塾，聘请名师课子。陈三立久仰伯沆先生的道德文章学问，于是延请他到家里教诸子读书。不过，伯沆先生与陈家之间不只是一般的宾主关系，他与陈三立及三立长子陈师曾之间经常谈诗论画，同游唱和，成为莫逆之交。癸丑年（1913）五月十三日，陈三立和陈仁先、俞恪士、寿丞兄弟等人同游镇江焦山寺，也约了王伯沆。第二天，伯沆先生特地从南京赶去，相与盘桓数日，并留下了好几首诗。六年后的1919年秋，伯沆先生到北京，陈师曾陪他畅游西山潭柘寺等地。陈三立之子陈隆恪、陈寅恪兄弟等人都受教于伯沆先生，他们深厚的国学基础之中，也倾注着伯沆先生的心血。

民国四年（1915），江谦主持南京高等师范学校，亲自登门拜访，聘请伯沆先生出任教席。那时，他正任职于南京图书馆，镇日优游于善本珍籍之间，掇芳嚼蕊，欲罢不能，在再三推辞不掉的情况下，他才答应登坛敷讲。不过，他提了一个与众不同的条件：他不要学校的聘书，一旦学校对其有任何不敬，他就准备拂袖而去。黄侃先生说，所谓风流就是有个性、有脾气，而且有派头，照此说来，伯沆先生亦可谓风流人物矣。用现在的话说，他表现的是传统士大夫刚直耿介的禀性，坚守的是他一生矢志不移的师道尊严、学术尊严和生命尊严。此后，从南高到东南大学、中央大学，他任教近三十年。"其设教以儒为体，以禅为用，开以古大家诗文，达之以论孟宋五子之书，流连吟叹，洞穴幽深，使闻者愤悱，若火之燃、泉之达，沛乎从善而不能已。"从学者望风景慕，一时之间，名动东南。他的高足弟子，如唐圭璋、段熙仲、王焕镳、束世澂以及周法高等人，后来都成了名满天下的大学者。其中，周法高还成为伯沆先生的乘龙快婿，他先在中央大学学习，继承了南高的传统学风，受到良好的中国传统学术的培养陶冶，又入北京大学文科研究所和中央研究院历史语言研究所研习，接受西方新学说的洗礼熏陶，终于成为"汇南高北大于一炉，合古今中外而治之"的著名语言学家。

民国政府建都南京之后，尤其是1920年代中到1930年代中，金陵一地名硕辐凑，学府之中大儒丛集。伯沆先生与柳翼谋、吴梅、黄侃、胡翔冬、汪东、胡小石诸先生相知颇深，过往甚多，行则同游，唱和联句，止则商略艺文，讨论学术，真是其乐融融。《冬饮庐诗稿》和《冬饮庐词稿》中，吟咏古都风物的篇什很多，扫叶楼、玄武湖、鸡鸣寺豁蒙楼、半山亭、青溪、明故宫等地，都留下了屐迹诗草。1929年冬，学者、诗人叶恭绰来到南京，送给伯沆先生一册《文道希（廷式）先生遗诗》，请黄侃转交。黄侃留在手上讽玩数日，有感而发，在书端题了一首七律，又请汪东在上面也题了一首七律，随后才送到伯沆先生手上。前辈的雅兴多高，多么令人神往啊。胡翔冬写过一篇《自怡斋三咏》，以矮松喻师，以黄杨喻友，以吊兰喻婢，构思别致，很为伯沆先生欣赏。没想到，1937年，伯沆先生忽然中风，黄杨凋悴，无复生意（胡翔冬《黄杨篇序》），让老朋友不胜感伤。七年后，这棵至死不屈的黄杨枯死了，就埋葬在自家老屋的后院里。活着，昂首面对日寇的刺刀，死了，也绝不向日寇低头，这株黄杨树枯萎的时候是屹立着的。

半个多世纪过去了，院子的旧貌没有大变，只是少年郎成了白发翁，妙龄女成了垂老妪。那一天，在开馆仪式上，我见到了王伯沆先生的学生、白发苍苍而精神矍铄的语言学家徐复先生，当然也见到了他的女儿、周法高先生的遗孀王绵女士。伯沆先生生有二子，皆不幸早殇。伯沆先生去世后，辛勤搜集整理遗稿并将其出版的就是王绵女士。为了建立这个纪念馆，王绵女士奔走于海峡两岸，不辞辛苦，终见其成。后来，她还和我联系，向我们系资料室捐赠王、周两位先生的著作，以广其传，以永其学。经过几十年漂泊离散，翁婿两人终于在纪念馆里再次聚首，从此以后，他们可以在周处台畔朝夕相伴，相对读书。古人有诗云："中郎有女能传业，伯道无儿可保家。"伯道无儿，当然令人叹惜；中郎有女，则是应该庆幸的。伯沆先生九泉有知，趁一轮夜月归访仁厚里老宅，也应该会感到欣慰吧。

行文至此，意犹未尽，缀以诗。诗曰：

读书台畔老耆儒，沆瀣遗踪认旧庐。
小劫风吹诗壁在，当年花木正扶疏。

　　　　　　　　　　　　旧时燕：文学之都的传奇

后　记

一

　　如果将一座城市比作一个人，南京应该说是一位鹤发童颜而精神矍铄的老人。曾经的繁华烟景、血雨腥风，凡夫俗子的聚散离合，英雄豪杰的事业勋名，所有这一切，在他眼里，无非掠眼而过的烟云。他曲折的身世中，随便抽出一段，都有动人的故事，都呈现与众不同的个性。骚人墨客，名流佳士，面对这座沧桑之城，面对这个千年老人，都情不自禁地诉说着自己的想象和感觉，历千百年，直到二十世纪，犹不绝如缕。吸引他们的，大概就是这座城市的性情吧。

　　这些人的诉说，久而久之，也就变成为城市的诉说。从古代，到今天，有许多人与南京缘悭一面，可是，每当他们提起这座城市，心中就油然而生一种文学的情怀，平添一阵古典而浪漫的激动。诱发他们的，大概就是这座城市的性情吧。

我曾表示过，如果要评选最古雅、最有文学性情的城市，我愿意投南京一票。若干年前，我甚至"心痒难忍"，在南京大学讲了一学期的"文学南京"课程，后来，又在讲稿的基础上，整理成一组文章，题为《城市传奇》，在《古典文学知识》上发表。现在想来，在后面驱动我这样做的，大概也是这座城市的性情吧。

有性情，就有传奇的一生，这样的城市怎么不令人喜爱？虽然从根本上说，对于这座城市的历史，我不过是一个匆匆过客；对于这座城市的现在，我不过是个流寓多年的外乡人。

二

那么，南京的性情又是什么样子的呢？

前些时，曾经应邀为南京城市形象规划写过几句话，大致采用对偶形式，也许说出了我潜意识中的城市性情。有一条是：

悦目赏心的城市；
千年莫愁的家园。

不用说，这两句双关赏心亭和莫愁湖，我想突出城市的人居环境及文化氛围，这是一座宜居的城市。

还有一条是：

　　　金陵埋藏古今财富；
　　　集庆汇聚南北吉祥。

金陵之名通行千年，贯穿古今；元代南京称集庆府，北人南来，文化上融合南北。南京地处南北要冲，到今天也还可以说是交通枢纽。在全球经济化的时代，自不免凑个热闹，说几句财富、吉祥之类的应景话头。不过作为文化古城、江左名都，南京最值得珍惜、骄傲的还是它的文化资本。比如说：

　　　钟阜巍峨，紫气东来；
　　　石城雄峙，凤凰西飞。

从地理形胜中突出祥瑞，从紫气当中突出王都的高贵身份。都说凤凰能够浴火重生，南京二千多年，起起落落，今天仍然有日新之德，就像凤凰。古典文脉和现代南京相结合，可以说：

　　　三山二水，绵延千年文脉；

江北河西，变换旧貌新颜。

当然，如果只注意它的历史身份和地理环境，也可以说：

十朝都会繁华地；
佳丽江南第一州。

如果突显现代意识，突出这里有广阔天地，可以大展宏图，再结合南京的地理位置，可以说：

江水苍茫，英雄乘风破浪；
南天寥阔，事业鸿鹄高飞。

或者说：

钟阜巍峨，高山仰止；
江天寥阔，新燕远飞。

钟阜的中山陵，当然让我们高山仰止，而亘古常新的燕子矶，令人有振翅欲飞的冲动。

南京向来有"山水城林"和"城市山林"的称号，我用鸢尾格嵌字法，写了两组文句。一组是：

一城名山；
几湾绿水；
千年古城；
处处园林。

另一组是：

千年名城；
江南都市；
几座名山；
多少园林。

也算是对这两个称号简单的"名词解释"，顺带突显了城市的历史传统和区域定位。

说到历史传统，还有：

龙蟠虎踞，千年王者气象；
白鹭青天，一座诗意城市。

上一句是要呈现南京的帝都气象，虽然有些陈旧，不过有足以矜夸的老资本也不是坏事。李白的诗句，人们耳熟能详，青天白鹭的意象唤起的是诗意的联想。这是一座诗意的城市。

单讲地理形胜的话，可以说：

> 江水潺湲，山河壮丽；
> 冈峦起伏，气象雄浑。

或者说：

> 江河行地，扬子涌动雄毅之气；
> 日月经天，钟山闪耀博爱之光。

这么说，南京不仅有人文性情，还有雄健气魄呢。

三

城市不仅是一种地理的概念、空间的概念，更是一个文化的概念、时间的概念。每一座城市都有自己的个性，自己的形象，自己的韵味。历史上真真假假的言说，都在重复和深化这些城市论述，谁管是虚是实。

旧时燕：文学之都的传奇

历史本来是琐细的、复杂的、生动的，但通常的叙述一落言诠，则难免概括、抽象的描述，失掉原汁原味。我期望换一个角度，从文学的诉说中，从文化的图景里，看一看城市的形象。让城市来叙述文学和历史，代替那些常见的英雄主角；同时反过来，也让文学和日常生活故事来叙述一个城市，代替那些枯燥的数字统计。

历史，有多种多样的谈法。"究天人之际，通古今之变，成一家之言"，这是太史公的谈法；"寥落古行宫，宫花寂寞红。白头宫女在，闲坐说玄宗"，这是诗人的谈法；"一壶浊酒喜相逢，古今多少事，都付笑谈中"，这是渔樵的谈法……还有其他种种说法，无论哪一种，我总觉得，谈论文学与历史，应该可以再多一点感性，多一点故事性、趣味性。每座城市都有许多典故，有很多传奇，有很多故事。这是城市文化精魂的凝缩，是城市的根。数典述祖，就是城市的文化寻根。

四

稍微有些历史的城市，都有自己的独特景观，标名为十景、二十景、二十四景，乃至四十八景、六十景，层层累加，越积越多，往往蔚为大观。明代南京有"金陵四十景"，清代南京有"金陵四十八景"，每个景点后面都有传奇故事，洋溢着人文的温馨。我很喜欢这些名称。它们平仄谐调，用辞讲究，富有古典韵味。很可惜，今人新命名的景点不讲平仄，岂止略输文采，简直辜负先人的一片苦心！我更喜欢清人徐虎画的金陵四十八景图，所以为这本书配图的时候，巧取豪夺，一幅不拉。文不够，图来凑，我显然没有免俗。文字之书辅以图像，是期望悦目之外，更能赏心，刺激一下被这迟钝的文字麻木的神经。我不敢自诩图文并茂，却奢望有人理解配图之时的丝微用心。

伦敦有个餐馆，就餐前一律灭烛熄灯，据说是要让食客不受视觉的干扰，一心一意地品赏美味。读书毕竟不同于用餐，虽然书也常常被人比作精神食粮。读书首先是眼睛的活动，岂可视而不见？再说，视觉时代的洪流是不可阻挡的，渺小如我，自然不敢螳臂挡车，那就顺水推舟吧。

这二十几篇文章，只是原计划的一部分。因为喜欢金陵四十八景，所以东施效颦，篇名都用四字格，平平仄仄。调谐起来并不难。令我沮丧的是，忙活了几年，到今天完成的，却才有四十八景的一半。惭愧，惭愧。

程章灿

2005年8月26日

记于石头城对岸之龙江

修订后记

《旧时燕》中的大部分篇章，曾首发于凤凰出版社主办的《古典文学知识》上，作为专栏文章连载。这专栏有个名称，叫作"城市传奇"。感谢姜小青社长，允我将其结集出版。我喜爱刘禹锡《金陵五题》，就用"旧时燕"做了书名，又在专栏名称的基础上，起了一个副标题，叫作"一座城市的传奇"。记得交稿之后，我就出国访学，校样出来时，人还在国外，只能在电脑上看 PDF 文件。岁月不居，此书初版距今已经十五年了。

我在初版后记中说，"这二十几篇文章，只是原计划的一部分"。很遗憾，十五年前所说的"原计划"，有的至今仍未完成。好在也有一部分已经完成，虽然是以另外一种方式呈现给读者。我指的是2019年7月由南京大学出版社出版的《山围故国》和2020年6月由凤凰出版社出版的《潮打石城》，这两种可以和《旧时燕》一起，合称我的"南京三书"。我自1983年流寓南京，至今已跨越三十八个年头。"三十八年过去，弹指一挥间。"我能奉献给这座城市的，惟此戋戋卮言而已。

修订《旧时燕》的时候，恰逢南京入选世界文学之都，于是，就将书的副标题改为"文学之都的传奇"，既求名符其实，亦有表达"与有荣焉"之意。除了核对引文，润饰文字，最大的修订是调换了原书的插图。初版插图中，用得最多的是清人徐虎所绘《金陵四十八景图》，因底本不理想，图片不够清楚，加上我拍的照片，以及各处找来的图片，来源庞杂，风格不一。这次全部删除，代之以明人陆寿柏所绘《金陵四十景图》。这个系列一共四十幅，风格统一，数量虽略少于《金陵四十八景图》，却更为清晰。根据图上题跋，画家陆寿柏是南京本地人，这组图画作于天启癸亥也就是1623年，距今将近400年。倘有细心的读者，比对"金陵四十景"与"金陵四十八景"及其名目出入，会发现蛮有意思的。

感谢南京大学出版社惠允出版此书修订版。

程章灿

2020年8月9日

记于金陵仙霞庐

图书在版编目(CIP)数据

旧时燕:文学之都的传奇 / 程章灿著.—南京:
南京大学出版社,2021.1(2024.5 重印)
ISBN 978-7-305-22982-4

Ⅰ.①旧… Ⅱ.①程… Ⅲ.①随笔-作品集-中国-
当代 Ⅳ.①I267.1

中国版本图书馆 CIP 数据核字(2020)第 119848 号

出版发行 南京大学出版社
社　　址　南京市汉口路 22 号　　　　　邮　编 210093
JIUSHIYAN:WENXUE ZHI DU DE CHUANQI
书　　名　旧时燕:文学之都的传奇
著　　者　程章灿
责任编辑　沈卫娟
照　　排　南京紫藤制版印务中心
印　　刷　南京爱德印刷有限公司
开　　本　787×1092　1/32　印张 9.375　字数 163 千
版　　次　2021 年 1 月第 1 版　2024 年 5 月第 4 次印刷
ISBN　978-7-305-22982-4
定　　价　60.00 元

网　　址:http://www.njupco.com
官方微博:http://weibo.com/njupco
官方微信:njupress
销售咨询:(025)83594756